● 丛书主编　庆振轩

故事里的文学经典

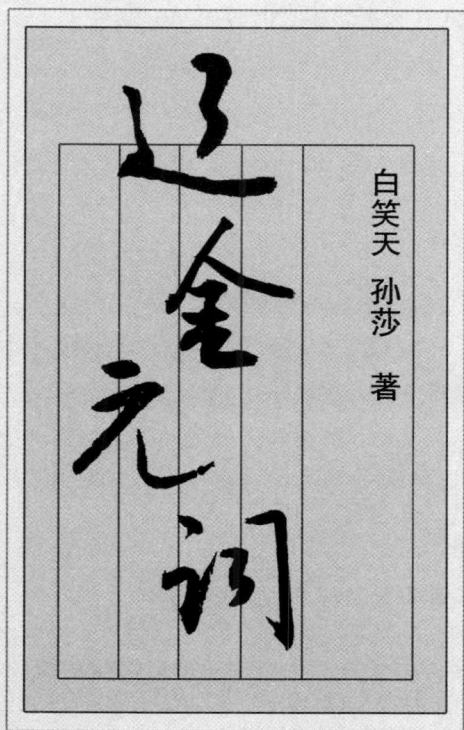

辽金元词

白笑天　孙莎　著

兰州大学出版社

图书在版编目（ＣＩＰ）数据

故事里的文学经典. 辽金元词 / 白笑天，孙莎著
. -- 兰州 ：兰州大学出版社，2014.10（2019.9重印）
ISBN 978-7-311-04596-8

Ⅰ. ①故… Ⅱ. ①白… ②孙… Ⅲ. ①词（文学）－
诗歌欣赏－中国－辽宋金元时代 Ⅳ. ①I206.2

中国版本图书馆CIP数据核字(2014)第246792号

策划编辑	张　仁
责任编辑	张　仁　王淑燕
装帧设计	张友乾

书　　名	**故事里的文学经典**　辽金元词
作　　者	白笑天　孙　莎　著
出版发行	兰州大学出版社　（地址:兰州市天水南路222号　730000）
电　　话	0931-8912613(总编办公室)　0931-8617156(营销中心)
	0931-8914298(读者服务部)
网　　址	http://press.lzu.edu.cn
电子信箱	press@lzu.edu.cn
印　　刷	三河市金元印装有限公司
开　　本	710 mm×1020 mm　1/16
印　　张	11.25
字　　数	176千
版　　次	2014年12月第1版
印　　次	2019年9月第3次印刷
书　　号	ISBN 978-7-311-04596-8
定　　价	23.50元

学海无涯乐作舟

——"故事里的文学经典"系列序言

北宋文坛领袖欧阳修曾说：

> 立身以求学为先，求学以读书为要。

欧阳修是一位政治家、思想家、改革家，也是一位教育家，他认为人生如果要有一番作为，就要努力求学读书。千余年过去，时至今日，立志向学，勤奋读书，教育强国，已经形成社会共识。然而读什么书，如何读书，依然是许多人困惑和思考的问题。

人们常说"开卷有益"，又说"好书不厌百回读"，所谓的好书、有益的书，应该指的是经典作家的经典作品。何谓经典？瑞士作家赫尔曼·黑塞在《获得教养的途径》中认为，经典作品是"我正在重读"，而不是"我正在读"的书。人文学科都有各自的经典作家和经典作品，诸如"哲学经典"、"史学经典"、"文学经典"等等。范仲淹曾经说过："劝学之要，莫尚宗经。宗经则道大，道大则才大，才大则功大。"（《上时相议制举书》）儒家把《诗经》、《尚书》、《仪礼》、《乐经》、《周易》、《春秋》尊为"六经"，文人学士研修经典的目的是为了经世致用，"六经之旨不同，而其道同归于用"。"故深于《易》者长于变，深于《书》者长于治，深于《诗》者长于风，深于《春秋》者长于断，深于《礼》者长于制，深于《乐》者长于性。"（陈舜俞《说用》）范仲淹与其再传弟子陈舜俞都是从造就经邦济世的通才、大才的角度论述儒家经典的。但古人研读经典，由于身份不同、目的不同，取径也不尽相同。郭绍虞在《中国文学批评史》中指出："古文家、道学家和政治家一样的宗经，但是古文家于经中求其文，道学家于经中求其道，而政治家则于经中求其用。"

就文学经典而言，文学经典指的是具有深厚的人文意蕴和永恒的艺术价值，为一代又一代读者反复阅读、欣赏、接受和传承，能够体现民族审美风尚和美学精神，具有广阔的阐释空间和当代存在性，能不断与读者对话，并带来新的

发展,让读者在静观默想中充分体现主体价值的典范性权威性文学作品。"经也者,恒久之至道,不刊之鸿论。"(刘勰《文心雕龙·宗经》)

由于经典之作要经历时间和读者的检验,所以经典作家、经典作品经典化的过程会给我们一些有益的启示:读者和作家一起赋予了经典文学的经典含义。即就宋词而言,词体始于隋末唐初,发展于晚唐五代,极盛于两宋。但在宋代,词乃小道,不登大雅之堂,终宋一代,宋词从未取得与诗文同等的地位。欧阳修在《归田录》中曾记载:

> 钱思公(惟演)虽生长富贵,而少所嗜好。在西洛时,尝语僚属言:平生唯好读书,坐则读经史,卧则读小说,上厕则读小词。盖未尝顷刻释卷也。

虽然欧阳修之意在赞扬钱惟演好读书,但言及词则曰"小词",且小词乃上厕所所读,则其地位可知。即就宋代词坛之大家如苏轼,在被贬黄州时,为避谤避祸,开始大量作词;辛弃疾于痛戒作诗之时从未中断写词的事实,也可略知其中信息。直至后世的读者研究者,越来越感知和发现了词体的独特的魅力——"词之为体,要眇宜修,能言诗之所不能言,而不能尽言诗之所能言。诗之境阔,词之言长"(王国维《人间词话》),才把词坛之苏辛,视如诗坛之李杜,赋予了宋词与唐诗相提并论的地位。

其他文体中如元杂剧之《西厢记》、章回小说之《水浒传》,也曾被封建卫道士视为"诲盗诲淫"之洪水猛兽而遭到禁毁,但名著本身的价值、读者的喜爱和历史的检验,奠定了它们经典之作的地位。

在一些经典作品经典化的过程中,读者甚至参与了经典作品的创作。李白的《静夜思》就是一个典型的个例。从文献学的角度看,宋代刊行的《李太白文集》、《李翰林集》中《静夜思》的原貌为:

> 床前看月光,疑是地上霜。
> 举头望山月,低头思故乡。

当代著名学者瞿蜕园、朱金城、安旗、詹瑛所撰编年校注、汇释集评本《李太白集》也全依宋本。但从明代开始,一些唐诗的编选者(读者)开始改变了《静夜

《思》的字句,形成了流行今日的李白的《静夜思》:

> 床前明月光,疑是地上霜。
> 举头望明月,低头思故乡。

　　所以,经过了历史长河的淘洗和历代无数读者检验而存留至今的中华文明宝库中的经典文学作品,是中华民族精神智慧的结晶。那么,在大力弘扬与传承优秀传统文化的今天,我们应该怎样学习阅读自《诗经》、《楚辞》以来的文学经典? 古人的一些经典之作和经典性论述可以为我们借鉴。

> 横看成岭侧成峰,远近高低各不同。
> 不识庐山真面目,只缘身在此山中。

　　这是苏轼在元丰七年四月,自九江往游庐山,在山中游赏十余日之后所写的《题西林壁》诗。一生好为名山游的苏轼,在畅游庐山的过程中,庐山奇秀幽美的胜景,让诗人应接不暇。苏轼于游赏中惊叹、错愕,领略了前所未有的超出想象的陌生的美感。初入庐山,庐山突兀高傲,"青山若无素,偃蹇不相亲。要识庐山面,他年是故人。"移步换景,处处仙境,诗人喜出望外,"自昔忆清赏,初将杳霭间。如今不是梦,真个在庐山!"庐山幽胜美不胜收,于是诗人在《题西林壁》这首由游山而感悟人生的诗作中,寄寓了发人深思的理趣。苏轼之后,人们从不同的角度解读诗作给予人们的启悟。王国维《人间词话》中说:

> 诗人对于宇宙人生,须入乎其内,又须出乎其外。入乎其内,故能写之;出乎其外,故能观之。入乎其内,故有生气;出乎其外,故有高致。

　　而苏轼的《题西林壁》正是诗人对于人生对于庐山既入乎其内,又出乎其外的带有特有的东坡印记的智慧之作。古往今来,向往庐山,畅游庐山的游人难以数计,而神奇的庐山给予游人的感触各有不同,何以如此呢? 因为万千游客,虽同游庐山,但经历不同,观赏角度有别,学识高下不一,游赏目的异趣,他们都领略的是各自心目中的庐山,诚所谓"横看成岭侧成峰,远近高低各不同"。也

辽金元词

正如钱钟书《谈艺录》中所说:"盖任何景物,横侧看皆五光十色;任何情怀,反复说皆千头万绪。非笔墨所易详尽。"所以,换个角度看世界,世界会更加丰富多彩;换个角度看人生,现实人生就会更具魅力;换个角度读经典,你会拥有你自己的经典,经典会更加经典。

千江有水千江月,千江水月各不同。古今中外的许多经典作家正是以独特的眼光观察大千世界,以独到的思维角度思考人生,以生花妙笔写人叙事,绘景抒情,继往开来,推陈出新,创造出一部部永恒的经典。"不畏浮云遮望眼,只缘身在最高层。"经典之所以为经典,其要因之一就是经典作家能够站在时代的制高点上,眼光独到,视点独特,思想深邃,能发前人之所未发。即以被称为"拗相公"的王安石为例,作为勇于改革的政治家,思想深刻的思想家,他的诗、文、词创作都具有鲜明的个性特色。四川大学中文系古典文学教研室选注的《宋文选·前言》中说:

> 王安石的文章大都是表现他的思想见解,为变法的政治斗争服务的,思想进步故识见高超,态度坚决故议论决断。其总的特色是在曲折畅达中气雄词峻。议论文字,无论长篇短说,都结构谨严,析理透辟,概括性强,准确处斩钉截铁,不可移易。

这一段话是评价王安石散文风格的,用来概括他的诗词特色也颇为恰切。王安石由于个性独特,识见高超,所以喜欢做翻案文章。他的这一类作品不是为翻案而翻案,而是确有独到深刻的见解,其《读史》、《商鞅》、《贾生》、《乌江亭》、《明妃曲》均是如此。即以其《贾生》而言,司马迁《史记》有《屈原贾生列传》,对贾谊的同情叹惋之意已在其中。李商隐因自己人生失意,对贾谊抑郁失意更为关注,其《贾生》诗曰:

> 宣室求贤访逐臣,贾生才调更无伦。
> 可怜夜半虚前席,不问苍生问鬼神。

这首咏史诗在切入点的选取上颇为独到,在对贾谊遭际的咏叹抒写之中,蕴含着深沉的政治感慨和人生伤叹,而这种感慨自伤情怀颇能引起后世怀才不遇之士的情感共鸣,给予了高度评价。但王安石评价历史人物的着眼点则跳出

了个人人生君臣遇合的得失,立足于是否有用于世有助于时的角度,表达了独特的"遇与不遇"的人生价值观。遇与不遇,不在于官场职位的高低,而在于胸怀谋略是否得以实行,是否于国于民有益:

> 一时谋议略施行,谁道君王薄贾生。
> 爵位自高言尽废,古来何啻万公卿。

以人况己,以古喻今,振聋发聩,这样的诗作才当得上"绝大议论,得未曾有"的美誉。无论是回首历史,还是关注现实,抑或是感受人生,往往因作者的视角不同,立场观念有别,而感发不一,所写诗文,各呈异彩。

但是我们在阅读体验中还发现了一些很有趣的现象:读者有时所欣赏的并不是作者的得意之作,而有时候作者所自珍的,读者却有微词。欧阳修《六一诗话》有这样一段文字:

> 晏元献公文章擅天下,尤善为诗,而多称引后进,一时名士往往出其门。圣俞平生所作诗多矣,然公独爱其两联,云"寒鱼犹著底,白鹭已飞前",又"絮暖鱼繁,露添莼菜紫"。余尝于圣俞家见公自书手简,再三称赏此二联。余疑而问之,圣俞曰:"此非我之极致,岂公偶自得意于其间乎?"乃知自古文士不独知己难得,而知人亦难也。

欧阳修这种阅读体验不止一端,刘攽《中山诗话》记载:永叔云:"知圣俞者莫如某,然圣俞平生所自负者,皆某所不好。圣俞所卑下者,皆某所称赏。"于是也感慨知心赏音之难。

正因为知心赏音之难,所以古人强调阅读欣赏应该知人论世。于是了解探究历史,就有"纪事本末"类的系列著述。阅读欣赏诗词,即有《本事诗》、《本事词》、《词林纪事》、《唐诗纪事》、《宋诗纪事》、《明诗纪事》、《清诗纪事》等著作;阅读唐宋散文,也有《全唐文纪事》、《宋文纪事》之类的著述。对于读者而言,这些著述有助于我们由事知史,由事知人,进而由事知诗,由事知词,由事知文;或者说有助于我们加深对相关诗、词、文的深入了解。正是从这个视点出发,出于弘扬传统文化,建设社会主义精神文明的责任感与使命感,兰州大学出版社策划出版"故事里的文学经典"、"故事里的史学经典"、"故事里的哲学经典"(统称为

"换个角度读经典")系列丛书,同样出于历史使命感,我们愉快地接受了"故事里的文学经典"系列的撰写工作,首批包括《故事里的文学经典之唐五代词》、《故事里的文学经典之唐文》、《故事里的文学经典之宋文》、《故事里的文学经典之北宋诗》、《故事里的文学经典之南宋诗》、《故事里的文学经典之元曲》、《故事里的文学经典之唐诗》、《故事里的文学经典之宋词》。

当凝聚着丛书的策划者和撰著者共同心血的著述即将付梓之际,我们为和兰州大学出版社这次愉快的合作感到由衷的高兴,因为共同的弘扬优秀传统文化的目标,出好书就成为我们共同的意愿,所以撰写以至出版的一些具体问题,就很容易通过沟通达成一致。参与丛书撰写的同仁均长期从事中国古典文学的教学科研工作,怎样让经典文学作品走出大学的讲堂,走向社会,走向千家万户,是我们长期思考的问题;而由学者在一定研究基础上撰写的,面向更为广大的读者群的融学术性的严谨和能给予读者阅读的知识性、愉悦性则是出版社策划者的初衷。合作的愉快也为我们下一步自汉魏至明清诗、词、文部分的写作奠定了良好的基础。

由"本事"或者说由"故事"入手诠解阅读文学经典是我们的共识。

那些与诗、词、文密切相关的"本事",在古典文学名篇佳作的赏鉴研读中,主要是指与相关作品的创作、传播以及作家的生平遭际有关的"故事",抑或是趣事逸闻,其本身就是最通俗、最形象吸引读者的"文学评论",许多流誉后世的名篇佳作,几乎都伴随有引人入胜的"故事"或传说。这些故事或发生于作家写作之前,是为触发其写作的契机,所谓"感于哀乐,缘事而发";或是出于一种自觉的责任感使命感,"文章合为时而著,歌诗合为事而作"。而有些诗文本身就在讲故事,史传文学本身就与后世小说特别是传奇小说有千丝万缕的联系,所以唐宋散文中的一些纪传体散文名篇诸如《张中丞传后叙》、《段太尉逸事状》、《杨烈妇传》、《唐河店妪传》、《姚平仲小传》等颇具小说笔法。即如范仲淹之《岳阳楼记》,王庭震《古文集成》中也记述说:

《后山诗话》云:"文正为《岳阳楼记》,用对语说时景,世以为奇。尹师鲁读之,曰:'传奇'体耳!"《传奇》,唐裴铏所著小说也。

有些诗歌也是感人的叙事诗,在很多读者那里了解的苏小妹的故事,只是民间的传说,得之于话本小说《苏小妹三难新郎》、近年新编的影视作品《鹊桥

仙》等。人们出于良好的心理愿望,去观看欣赏苏小妹和秦观的所谓爱情佳话,让聪明贤惠的苏小妹和苏轼最得意的门生秦观在虚构的小说、戏曲、影视作品中成就美好姻缘,而不去考虑受虐病逝于皇祐四年(1052)的苏洵最小的女儿、苏轼的姐姐八娘,和出生在皇祐元年(1049)的秦观结为秦晋之好是根本不可能的!而苏洵的《自尤》诗即以泣血之情记述了爱女所嫁非人,被虐致死的锥心之痛。但长期以来,由于资料的散佚,一些研究苏轼的专家对此亦语焉不详,台湾学者李一冰所著《苏东坡新传》即曰:

> 苏洵痛失爱女,怨愤不平,作《自尤诗》以哀其女(今已不传)。

我们依据曾枣庄先生《嘉祐集笺注》收录了《自尤》诗并叙,并未多加诠释,因为诗作本身就为我们含悲带愤地讲述了一个凄惨的八娘的短暂的一生的悲剧故事。苏小妹不是一个传说!

当然,也有一些故事发生在诗作传播之后,如《舆地广记》和《艇斋诗话》都记载,苏轼"为报先生春睡美,道人轻打五更钟"传到京城,章惇认为东坡生活快活安稳,于是又把诗人贬到海南。但是不论诗人是直书其事,还是借史言事,是因事论事,还是即事兴感,与诗作相关与诗人遭际相关的故事,都有助于我们对经典诗文在知人论世的基础上去读解诠释。

在"换个角度读经典"系列丛书之"故事里的文学经典"(第一批)将要出版发行之际,我们对兰州大学出版社的张仁先生、张映春女士为之付出的大量心血和兢兢业业一丝不苟的敬业精神表示由衷的感佩;对兰州大学文学院党政领导班子,特别是张炳成同志对于丛书的写作出版自始至终的关注支持深表感谢。同时,由于切入角度不同,对于相关诗、词、曲、文名篇的诠解也仅是我们的一得之见,所以我们热望广大读者多提宝贵意见,书山有路勤为径,学海无涯乐作舟,愿读者诸君和我们一起愉快阅读经典的同时,换个角度,读出我们各自心目当中的经典。

辽金元词

庆振轩

二〇一三年八月于兰州

目　录

故事中的辽代词

故事中的金代词

辽
金
元
词

辽金元词

辽
金
元
词

辽金元词

故事中的辽代词

辽国是契丹族建立的国家，"契丹"之名最早见于《魏书》。契丹人最早活动于潢河（西拉木伦河）、土河（老哈河）流域，是渔猎民族，后来也从事畜牧。唐哀帝天祐四年（907），耶律阿保机即位称帝，国号契丹，916年始建年号。大同元年（947），改国号为辽。圣宗耶律隆绪统和元年（983），复称契丹。道宗耶律洪基咸雍二年（1066），又改号为辽。从太祖耶律阿保机建国到1125年亡于金，辽凡历时218年，共有9位皇帝。

辽代不太重视文化建设，因而文学家不是很多。尽管如此，辽代还是有些文学可研究者。辽代较知名的文学家有萧韩家奴、李瀚、王鼎、耶律昭、刘辉、耶律孟简、耶律谷欲、萧观音、萧瑟瑟等，他们大都留有诗文、对策等，但是流传词作至今的很少，可供研究的有萧观音的《回心院》词。

萧观音词

萧观音擅长诗词，其诗具有帝王气象，其词则承花间遗风，香艳入骨。萧观音因写了十首《回心院》词而被诬遭害，此一事件正反映了辽代君臣对文化的不重视，以致造成冤案。

解却四角夜光珠,不教照见愁模样

——辽懿德皇后《回心院》词

辽国以武力治天下,很少重视文化。即使后宫妃嫔,也常跟随皇帝外出打猎,练习弓马。辽契丹等族是游牧民族,在开国之初他们不提倡学习文化知识。他们强调武力,以能征善战、驰骑射猎为荣。他们认为中原文化使人懦弱,因而严格限制下层契丹人学习中原文化。《旧五代史·外国列传》说,阿保机"善汉语,谓(姚)坤曰:'吾解汉语,历口不敢言,惧部人效我,令兵士怯弱也。'"阿保机一方面大量掠夺汉人,让汉族知识分子为他服务,为他扩大疆土和巩固统治出力;另一方面,又害怕中原文化对契丹族人造成影响,削弱其战斗力,因而严格限制契丹人学习中原文化。也正是基于这样的忧虑,辽国禁止契丹人参加科举考试。耶律庶箴的儿子薄鲁,小时候就聪明好学,精通契丹文,还学习汉文,博通经籍,重熙年间,他参加科举考试,"举进士第",辽国皇帝很生气,把耶律庶箴"鞭之二百",以杜绝契丹人参加科举的念头。到了辽国后期,皇帝们尽管也积极学习中原文化,如兴宗耶律宗真"好儒术,通音律""工绘画、善丹青";辽道宗耶律洪基"喜读《五经》,曾召权翰林学士赵学俨、知制诰王师儒等讲《五经》大义",但他们骨子里还是不很重视中原文化,仍喜好狩猎、武力。因此,在辽国并没有很出众的文化大家。

但在辽史上,有一位皇后很喜欢汉文化,并且能诗能词,精通音律,善弹筝与琵琶,她就是懿德皇后萧观音。和大多数帝王将相一样,她的出生也带有神异色彩。辽朝大安五年(1089)前观书殿学士王鼎,在被流放期间,曾撰写了一部笔记小说《焚椒录》,书中记载她出生时说:"已复东升,光辉照烂,不可仰视。渐升中天,忽为天狗所食,惊寤而后生,时重熙九年五月己未也。母以语惠,惠曰:'此女必大贵而不得令终,且五日生女,古人所忌,命已定矣,将复奈何!'"

辽金元词

懿德皇后为辽道宗耶律洪基的皇后,生于辽重熙九年(1040),卒于太康元年(1075)。懿德皇后姓萧名观音,品行端庄,容貌冠绝,仁慈宽容,国人常以观音呼之,故其小字观音。萧观音出身名门望族,是辽圣宗钦哀皇后的弟弟、时任北面官南院枢密使萧孝惠之女。《辽史》中记载:其"姿容冠绝,工诗,善谈论。自制歌词,尤善琵琶"。萧观音是一代才女,貌美如花,人品又好,清宁元年(1055)耶律洪基登上大位后,把萧观音册封为皇后。此时,萧观音刚满15周岁。耶律洪基和萧观音非常恩爱,常常形影不

懿德皇后像

离。清宁二年(1056)八月,皇上到秋山打猎,皇后率妃嫔从行到了伏虎林。皇后会作诗,皇上就命皇后赋诗,皇后应声道:

> 威风万里压南邦,东去能翻鸭绿江。
>
> 灵怪大千都破胆,那教猛虎不投降。

皇上听了特别高兴,随从的辽臣们也都钦佩她的才气和豪气。第二天,皇上亲自御弓矢射猎,有猛虎突然从林中蹿出来,上曰:"朕射得此虎,可谓不愧后诗。"一箭就射死了老虎,群臣都大声欢呼。这一年十一月,群臣上皇帝尊号曰天祐皇帝,后曰懿德皇后。

辽国风俗,君臣崇尚射猎。道宗皇帝也常常深入山林射猎,臣下常常找不到他在什么地方,并且经常射猎,势必荒废政事。由于群臣也爱好射猎,劝谏者很少。萧观音深以为患,屡次上书劝谏,她在《谏猎疏》中,引经据典,言辞恳切,希望辽道宗能够不要经常射猎:"妾闻穆王远驾,周德用衰,太康佚豫,夏社几屋,此游佃之往戒,帝王之龟鉴也。顷见驾幸秋山,不闲六御,特以单骑从禽,深入不测,此虽神威所届,万灵自为拥护,倘有绝群之兽,果如东方所言,则沟中之豕,必败简子之驾矣。妾虽愚,窃为社稷忧之,惟陛下尊老氏驰骋之戒,用汉文吉行之旨,不以其言为牝鸡之晨而纳之。"其实,萧观音的担忧是有事实根据的。清宁九年(1063)七月,道宗驾幸滦水,重元父子聚兵谋反。虽然叛乱很快被镇压,重元父子伏诛,但是这也是一次非常惊险之举。叛乱平息后,道宗对平叛有功之臣大加封

赏,耶律乙辛就因平叛有功,被大加封赏,并给予了很大权力,他可以"诏四方有军旅,许以便宜从事"。耶律乙辛的成功,也为萧观音的悲惨遭遇埋下了伏笔。尽管辽道宗经过了其皇太叔重元的叛乱,但他并没有汲取教训,仍然爱好打猎。所以,萧观音就经常劝谏他。辽道宗表面上听取,实际上非常反感萧观音的劝谏,慢慢地,辽道宗就疏远了萧观音。

萧观音正值花样年华,辽道宗对她的疏远,自然在思想上使她受了不少折磨。她希望辽道宗能够回心转意,于是就写了著名的《回心院》词。词共十首,分十个方面,希望辽道宗能够回心转意,能和她重归于好。词曰:

扫深殿,闭久金铺暗;游丝络网空作堆,积岁青苔厚阶面。扫深殿,待君宴。

拂象床,凭梦借高塘;敲坏半边知妾卧,恰当天处少辉光。拂象床,待君王。

换香枕,一半无云锦;为使秋来辗转多,更有双双泪痕渗。换香枕,待君寝。

铺绣被,羞杀鸳鸯对;犹忆当时叫合欢,而今独覆相思魂。铺翠被,待君睡。

装绣帐,金钩未敢上;解除四角夜光珠,不教照见愁模样。装绣帐,待君眠。

叠锦茵,重重空自陈;只愿身当白玉体,不愿伊当薄幸人。叠锦被,待君临。

展瑶席,花笑三韩碧;笑妾新铺玉一床,从来妇欢不终夕。展瑶席,待君息。

剔银灯,须知一样明;偏使君王生彩晕,对妾故作青荧荧。剔银灯,待君行。

热薰炉,能将孤闷苏;若道妾身多秽贱,自沾御香香彻肤。热薰炉,待君娱。

张鸣筝,恰恰语娇莺;一从弹作房中曲,常和窗前风雨声。张鸣筝,待君听。

然而,这十首《回心院》词并没有打动辽道宗,反而被奸臣耶律乙辛利用,给

辽金元词

萧观音引来了杀身之祸。萧观音写好这些词之后,后宫没有人能够演奏,只有伶官赵惟一能够演奏她的词曲。其时,皇后身边的一个宫婢名叫单登,原先是叛臣重元家婢,也擅长弹筝和琵琶,每与惟一争能,埋怨皇后萧观音不知她的弹奏水准。有一天,萧观音诏单登入宫,萧观音与单登对弹了四旦二十八调,结果是单登皆不及皇后。虽然单登表面上有愧服之意,但心中却生了怨恨之情。由于单登善用媚姿,有时道宗便召单登入内厅弹筝,萧观音便向道宗谏言说,单登本是叛臣重元的家婢,不可过于亲近。辽道宗听了萧观音的建议,于是不再让单登进入内厅弹奏。单登由此更加怨恨皇后。单登有个妹妹名叫清子,嫁给了教坊朱顶鹤为妻,当时和耶律乙辛关系密切,单登每向清子诬皇后与赵惟一淫通,尽为乙辛所知。乙辛正欲害皇后,闻知此事,高兴非常,但恐证据不足,恰好萧观音有一首《怀古》诗,诗曰:

> 宫中只数赵家妆,败雨贱云误汉王。
> 惟有知情一片月,曾窥飞燕入昭阳。

耶律乙辛就向道宗告发,说萧观音此诗里隐含有伶官赵惟一姓名,诬告她与赵惟一私通;并且还嫌证据不足,请人作《十香》淫词,来诬陷萧观音。元脱脱《辽史》懿德皇后传载:

> 好音乐,伶官赵惟一得侍左右。太康初,宫婢单登、教坊朱顶鹤诬后与惟一私,枢密使耶律乙辛以闻。诏乙辛与张孝杰劾状,因而实之。族诛惟一,赐后自尽,归其尸于家。

辽道宗相信了耶律乙辛的诬告,将赵惟一灭门。萧观音悲愤交加,写了一首绝命词,自缢而死。据说,萧观音死后,辽道宗还不解气,将其衣服脱光,用席卷起来,送给了她的家人。其状况之悲悯可想而知。

姚从吾先生在《辽金元史论文》中说:"十香词淫俗不堪,若在中原,不但没有耶律乙辛这样的人敢于鱼目混珠,用作诬告的证物,既是有这样的事,则当事人一见即能辨别,自不会发生像道宗愤怒杀妻的举动。如此,像这样的冤狱,自然仍是不会发生的。"姚从吾先生认为辽道宗时代,是一个久安后转入萎靡的时代,辽道宗本身汉文化程度极低,所以辨别不了这样的淫秽之词,以致

辽金元词

杀妻害子。

清况周颐《蕙风词话》卷三评价萧观音的十首《回心院》词,说"音节入古,香艳入骨,自是《花间》之遗。"在辽国举国上下不重诗文之际,懿德皇后能够写出这样的"香艳"词已实属不易。况且,令人感动的并不止这十首词的艺术魅力,更多的是她写这些词的心境和其悲惨的遭遇。

辽金元词

故事中的金代词

金国以女真贵族为核心,是联合汉人、契丹人等共同进行管理的国家。女真作为族称,出现在辽、五代时期,他们生活在长白山、黑龙江一带。公元1115年,完颜阿骨打称帝,国号金,建元收国,是为金太祖。天会三年(1125),金灭辽;天会五年(1127),灭亡北宋;贞祐二年(1214)金宣宗在蒙古军的压力下,将都城从中都(今北京)迁往汴京(今河南开封);天兴元年(1232)金哀宗由汴京逃往蔡州(今河南汝南);天兴三年(1234),宋、蒙古国联合攻金,金国灭亡。金国共有9位皇帝,历时119年。

辽金元词

金代帝王词

金国有119年的历史,但是金国的词人却很少,有资料可考者充其量也只有四五十位。不过,在金国少数的词人里,有几个帝王词人颇为引人注目,并且词作的质量也较高。金国帝王词较好的有海陵王完颜亮、金世宗、金章宗三人。

提兵百万西湖上，立马吴山第一峰

——完颜亮的豪放词

北京是中国的首都，历史上好几个朝代都定都于此。谁是第一个建都北京的呢？他就是金朝第四位皇帝海陵王完颜亮。

完颜亮（1122—1161），本名迪古乃，字元功，是金太祖完颜阿骨打之孙，辽王完颜宗干的次子。生母大氏是辽王侧室，有良好的文化素养。完颜亮自幼师承母教，汉学造诣很深。完颜亮常有帝王之念，这在他的诗歌里常表露出端倪。有一次，他出使办事，见路旁竹林茂密，便借题发挥写了一首诗：

完颜亮像

孤驿萧萧竹一丛，不同凡卉媚春风。

我心正与君相似，只待去梢拂碧空。

辽金元词

作完此诗还觉得意犹未尽，又在墙壁上写诗一首：

蛟龙潜匿隐沧波，且与虾蟆作混和。

等到一朝头角就，撼摇霹雳震山河。

这首诗霸气外露，表现了他极大的雄心抱负。有一天，完颜亮看见妻子瓶子里插着岩桂，不由诗兴大发，抒怀一首：

绿叶枝头金缕装，稍深自有别般香。

一朝扔汝名天下,也学君王著赫黄。

如果说前面两首诗还只是体现完颜亮的雄心抱负,那么这首诗则体现了他要当帝王的愿望和壮志。

金国是由女真族建立的国家。女真族生活在中国的东北,长期受辽国的压迫。但在阿骨打的领导下,建立了自己的政权。阿骨打当了皇帝后,在皇位继承问题上,采用了推选制。经过众人选举,阿骨打的弟弟被推选为继承人,是为金太宗。金太宗晚年废除了选举制,任命自己的孙子完颜亶为皇位继承人。金太宗去世后,16岁的完颜亶当了皇帝,是为金熙宗。由于金熙宗年幼没有经验,国家的管理政权掌握在他的叔叔手里,金熙宗当了15年没有权利的皇帝。金熙宗31岁时,他当权的叔叔病死,他认为是自己独立执掌天下的时候了,可是金国的贵族都反对他,他一气之下杀了几个贵族,没想到引起了更大的反对。金熙宗叔叔家的儿子完颜亮趁乱夺取了皇位,从此,完颜亮开始了他的政治抱负。

金吹笛、击节板陶俑

当皇帝不久,完颜亮就进行了大刀阔斧的改革,以实现他一统天下的雄心抱负。首先,他集中精力巩固自己的政权,不但任用女真贵族,还任用汉人和契丹人,分解了贵族的权利,将权利完全集中在自己的手中。其次,向中原学习先进的政治、经济和文化,他带头学习汉字,读汉人的经典书籍,并模仿南宋政治制度建立了自己的政府组织。第三,加强军事训练。完颜亮本身熟悉军事,当过大将军,对于军事的作用他非常了解。制订完善的军事计划的同时,他将南宋作为第一个打击的军事目标。为了实现这一目的,缩短战斗距离,他将首都迁到了北京。刘祁《归潜志》里记载完颜亮政治抱负时说:"金海陵庶人,读书有文才。为藩王时,书人扇云:'大柄若在手,清风满天下。'人知其有大志。正隆南征,至维扬,望江左赋诗云:'屯兵百万西湖上,立马吴山第一峰。'其意气亦不浅。"清张宗橚《词林纪事》中引《词统》也说:"海陵阅柳耆卿《西湖》词,欣然有慕

辽金元词

于'三秋桂子,十里荷花'。遂起投鞭渡江之志。乃密隐画工于奉使中,写临安
山水,复貌己之状,策马而立于吴山绝顶,题其上云:'万里车书尽混同,江南岂
有别疆封。提兵百万西湖上,立马吴山第一峰。'"从完颜亮的诗歌里,可以窥测
他的霸气和豪气。完颜亮不只是写出了这样豪
壮的诗歌,他还要以自己的实际行动来完成他的
壮举,他决定灭掉宋朝。在完颜亮伐宋之初,大
臣们大都持反对意见,太后也多次劝谏,认为伐
宋不一定能够成功,反为所败。完颜亮对太后的
劝谏不但不听,认为太后蛊惑人心,找人刺杀了
太后。自从完颜亮看过柳永的《望海潮》一词后,
他就把伐宋作为自己的最大梦想。他命人按照
《望海潮》描写的景象做了一个画屏,并把自己的

完颜亮正隆年间的钱币

画像画在上面,题诗宣誓,要灭掉宋朝。早在他篡位前,他就有了灭宋的志向。
有一次他和宠臣高怀贞闲谈中说,我有三个志向,一是一切军事大事由我自己
决断,二是率师远伐中原,三是纳天下英姿美色为我所用。他主意已定,决意伐
宋,大臣劝阻是没有作用的。正隆三年(1158),南宋贺正使孙道夫来朝贺,完颜
亮指使左宣徽使敬嗣晖告诉孙道夫说:你们的皇帝侍奉我很不诚心,你们的百
姓进入我国境,我们都遣送回去了,而我国人民进入你的国境,却并没有送回
来;最近又听说你们在我国边境上偷鞍买马,演练军事,分明是要与我们抗争,
我国已经做好了讨伐你们的准备了。为了制造舆论,他还对臣民谎称他做了一
个怪梦,梦见玉帝让他讨伐宋朝,他应命前行,看见周边小鬼无数,他搭弓射箭,
小鬼都应声而倒,等他醒来后命人到马圈一看,他的战马身上还汗流如雨。

　　他为了伐宋,实行暴政,扩充军备,搜刮民财,使很多地方发生了叛乱。一
方面,完颜亮大力镇压起义;另一方面,仍积极为伐宋做准备。1161年,海陵王
集中40万军队,亲自率军兵分四路进攻南宋。完颜亮以为此举定会大获全胜,
写了一首《喜迁莺》词:

　　　　旌麾初举。正驱骁力健,嘶风江渚。射虎将军,落鹏都尉,素帽锦
　　袍翘楚。怒磔戟髯,争奋卷地,一声鼙鼓。笑谈顷,指长江齐楚,六师
　　飞渡。
　　　　此去。无自堕,金印如斗,独把功名取。断锁机谋,垂鞭方略,人

事本无今古。试展卧龙韬韫,果见成功旦莫。问江左,想云霓望切,玄
黄迎路。

吴梅认为此词"豪放无及"。不幸的是,他的进攻遭到了南宋虞允文的有力抵
抗,金兵接连失败,灭亡南宋的计划进展很不顺利。

完颜亮带兵远征,没有处理好善后问
题,国内也发生了政变,贵族完颜雍趁机夺
取了政权。海陵王当上皇帝以后,为了清
除异己,极为残暴,金国中很多人早已是敢
怒不敢言。完颜亮度过淮水进驻庐州(今
安徽合肥)时,给国内完颜雍夺权制造了可
称之机。完颜亮听到国内动乱的消息后,
失望地说,本来我打算平定宋朝后改元大
定,没想到完颜雍已经提前乱政改元大定,

完颜亮正隆年间的钱币

莫非是天意吗? 完颜亮准备北还平定叛乱,李连通忙进谏说:"事到如今,不如
烧了战船,扫平南宋,也绝了士兵北归之念。"完颜亮听取了建议,结果大败,进
退两难,被自己军中作乱的兵士杀死。

完颜亮既是成功者,也是失败者。他具有很好的文学功底,诗词中表现出
了不凡的豪迈之气,但由于他治国极其残暴、淫乱,后人研究其诗词的很少。他
的《鹊桥仙·待月》充分显示出了他的霸气与豪气:

停杯不举,停歌不发,等候银蟾出海。不知何处片云来,做许大通
天障碍。

蛟髯捻断,星眸睁裂,唯恨剑锋不快。一挥斩断紫云腰,仔细看嫦
娥体态。

清张宗橚引《艺苑雌黄》说:"金主亮,亦能词,其《鹊桥仙·待月》云云,俚而实
豪。"清徐钒《词苑丛谈》中评说此词道:"出语倔强,真实咄咄逼人。"

不管完颜亮是不是一位好皇帝,他的作为毕竟促进了金国经济、文化的繁
荣发展,同时也推动了女真族和汉族文化的交流。如果抛开政治因素,单论他
的词作,还是有一定的可取之处的。

辽金元词

佛佛心心，佛若休心也是尘

——金世宗赐元悟玉禅师《减字木兰花》

完颜雍（1123—1189），金太祖的孙子，出生于上京，年号大定，庙号世宗，在历史上号称"小尧舜"。完颜雍生母李氏，与海陵王完颜亮的生母大氏，都是东京渤海望族。天辅年间，金皇帝从东京士族里选取有德容的女子入后宫，大氏和李氏就是这批被选入宫的女子。东京的渤海望族汉文化程度很深，完颜雍小时候就受到了很好的儒家文化教育。他从小善于骑射，才识过人，初被封为葛王。完颜亮执政时，忌惮完颜雍，所以将他屡屡调离，他曾在会宁、中京、燕京、济南、西京、辽阳等地做过地方官。因此，完颜雍对民间疾苦深有体会。完颜雍即位前，完颜亮实行暴政，行政腐化，战争频仍，遭到国内人民的强烈不满和反对。1161 年，在完颜亮深入南宋发动战争时，完颜雍起兵谋反，夺取了皇位，改元大定。金世宗总结了前朝教训，整治朝政，稳定社会秩序，使金朝出现了前所未有的大好局面。清赵翼评价说："金代九君，世宗最贤。"

金国在开国之初是不太信仰儒家文化的，随着与中原地区接触的深入，慢慢地开始学习汉文化。在宗教上，金代建国之前主要信仰原始的萨满教，但到了金世宗时，金国内则儒、释、道共存，在思想上也较为开放。

完颜雍像

金完颜雍时铜镜背面，印有"大定通宝"花纹，山东博物馆藏。

辽金元词

金建国之前,居住在今朝鲜半岛北部的女真人当中有极少数佛教信徒,他们可能是受到了渤海人或高丽人的影响。但居住在松花江和黑龙江流域的女真人,绝大多数还没有接触过佛教。金太宗天会元年,上京庆元寺有个僧人要给他敬献佛骨,被他拒绝了,说明这个时候,金太宗还是不太接受佛教的。但三年以后,金攻破北宋汴京,却派人押解了20多名僧人到金上京,礼遇甚厚。这个时期,金国已开始接受佛教了,但接受不等于信仰,为了政治需要,金统治者只是把佛教作为拉拢人心的一个工具而已。

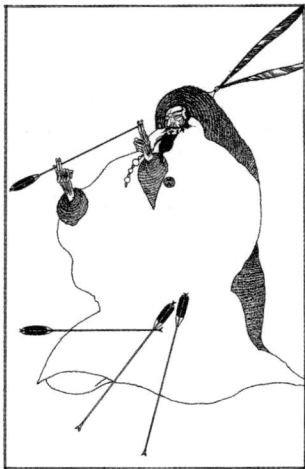

完颜雍像

金国真正开始信仰佛教,是从金熙宗时期开始

完颜雍时"大定通宝"钱币

的。金熙宗从小受到了辽与北宋儒士的教育,对于汉文化接受较好,在汉儒的引导下,他不但接受了汉文化,也接受了佛教文化。在金熙宗时期,金国佛教大盛,佛寺增多,女真贵族和平民中信仰佛教的人也渐渐多了起来。

到了海陵王完颜亮时期,对待佛教的态度又发生了变化。完颜亮是不信奉佛教的。完颜亮夺位当了皇帝,首先是把都城迁到了北京,同时把女真宗室强行南迁。为了防止这些宗族恋旧,又下令毁掉上京的宫室和贵族房屋,并拆毁上京的储庆寺。贞元三年,磁州名僧欲离京师,张浩、平章政事张晖及朝中的信徒予以挽留。《金史·张通古传》载,这件事完颜亮知道后很生气,斥责张浩等说:

辽金元词 ·013·

闻卿等每到寺,僧法宝正坐,卿等皆坐其侧,朕甚不取。佛者本一小国王子,能轻舍富贵,自苦修行,由是成佛,令人崇敬,以希福利,皆妄也。况僧者,往往不第秀才,市井游食,生计不足,乃去为僧。较其贵贱,未可与簿尉抗礼。闾阎老妇,迫于死期,多归信之。卿等位为宰辅,乃复效此,失大臣体。

完颜亮斥责之后,还当众"杖法宝二百,张浩、张晖各二十"。正隆元年,完颜亮还下令禁止第二年二月八日的迎佛活动,还下令拆毁燕京大房山的佛寺,把上京的祖宗皇陵迁到大房山。佛教在完颜亮时期得到了压制。

金世宗即位以后,除旧布新,南北讲好,停止对宋朝的战争。宽松和平的社会环境,给佛教的发展又提供了有利的条件。况且完颜雍的生母李氏也是个佛教徒,对金世宗对佛教的态度有一定的影响。李氏在丈夫死后,不愿意遵守女真人的旧俗(女真旧俗,妇女寡居,由宗族续娶),回到辽阳出家为尼,法号通慧圆明大师,住在辽阳垂庆寺。因此,金世宗即位后,对于佛教采取了很宽容的态度。金世宗统治中期曾告诫臣下说:民间人们为了祈福,建了很多佛寺,消耗很多钱财,应该定个规矩,不要为此浪费太多。从这件事可以看出,金国的民间佛教还是很兴盛的。在他晚年时期,他告谕臣下说:"人皆以奉道崇佛设斋读经为福,朕使百姓无冤,天下安乐,不胜于彼乎。尔等居辅相之任,诚能匡益国家,使百姓蒙利,不惟身享其报,亦将施及子孙矣。"(《金史·世宗下》)可见,金世宗本身并不信奉佛教,但由于政治统治的需要,他也不反对佛教的发展。金世宗中晚年时期,国内不但佛教兴盛,道教也在一定程度上得到了很好的发展。据记载,世宗在晚年对于新兴的全真道很感兴趣,曾两次召见王处一和丘处机,询问为治之道。

金世宗本人对于佛教、道教不反对也不提倡,出于政治需要,对佛、道发展采取宽容的态度。金世宗给元悟玉禅师《减字木兰花》一词中也表达了他对佛、道二教的态度:

> 但能了净,万法因缘何足问。日月无为,十二时中更勿疑。
>
> 常须自在,识取从来无挂碍。佛佛心心,佛若休心也是尘。

金世宗在这首词中,表达了对佛教"色空"思想的怀疑和对道教"无为"的疑惑。清张宗橚《词林纪事》引《法苑春秋》载:

> 金世宗赐元悟玉禅师长短句云云,师献和云:"无为无作,认著无为还是缚。照用同时,电卷星流已太迟。非心非佛,唤作非心犹是佛。人境俱空,万象森罗一境中。"世宗尝以手心书"非心非佛"四字示禅师,故及之。

元悟禅师对金世宗的疑惑以词的形式作了哲学层面的解答,但这并不能彻底改变世宗对待佛教的态度。从金世宗的这首词中,我们可以窥探他对佛、道二教的态度,同时我们也能感受他在治国时给宗教留有的宽松环境。据《金史》载,完颜雍体貌奇伟,美须髯,胡须长过了他的肚子,他的胸间长有七颗痣,形状好像北斗七星。他性格非常仁孝,沉静明达。若论骑射,金国推他为第一。每当他打猎时,老少都跟着观看,盛况空前。

辽
金
元
词

三十六宫帘卷尽，东风无处不杨花
——金章宗《蝶恋花·聚骨扇》

金章宗完颜璟（1168—1208），小字麻达葛，以生于金莲川麻达葛山命名。金世宗孙，完颜允恭子。大定二十五年（1185）父死，封原王。次年拜尚书右丞相，立为皇太孙。大定二十九年（1189）世宗卒，即帝位。在位十九年，年四十一，庙号章宗。章宗善书法，知音律，雅尚汉文化，词存二首。世宗因为太子完颜允恭早逝，立他为太孙。世宗于公元1189年正月病死后，他于同日在灵柩前继位，第二年改年号为明昌。

金章宗时期，金国经历了由盛转衰的变化。作为皇帝，他还是很想有所作为的。他在人事、政治、经济、文化等方面都进行了很多变革，尤其是文化方面，他大兴儒学，重视教育，提高了国民的整体文化素质。据刘祁《归潜志》载："章宗性好儒术，即位数年后，兴建太学，儒风盛行。学士院选五六人充院官，谈经论道，吟哦自适。群臣中有诗文稍工者，必籍姓名，擢居要地，庶几文物彬彬矣。"章宗也要求刺史州兴建官学，大力发展文化教育。对于典籍搜集，章宗也很重视。明昌二年四月，学士院搜集到唐代杜甫、韩愈、刘禹锡、杜牧、贾岛等人文集26部。明昌二年十月，金章宗命有关机关高价搜求遗书，搜集了大量典籍。由这些大量典籍做基础，在金章宗的努力铺垫下，终于编纂成书，凡四百卷，名曰《金纂修杂录》。

章宗提倡保持女真旧俗和民族特点，规定女真人不得将姓氏译为汉字，让女真人进士及第后仍练习骑射，但由于他同时提倡汉学，事实上在很大程度上

金章宗完颜璟像

金章宗时"明昌通宝"钱币

辽金元词

促进了汉文化的传播。章宗本人汉文化程度很高,他的诗词有较高的欣赏价值,带有帝王气象。如《宫中》诗曰:

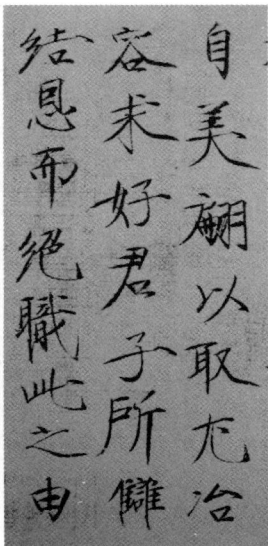

金章宗书法

> 五云金碧拱朝霞,楼阁峥嵘帝子家。
> 三十六宫帘卷尽,东风无处不杨花。

诗前两句写了辉煌灿烂的王宫景象,后两句用"东风"意象,极尽豪迈之情。全诗意境辽阔、深远。又如《游仰山》:

> 参差云影几千重,高山云鬓迥不同。
> 金色界中兜率景,碧莲花里梵王宫。
> 鹤惊清露三更月,虎啸疏林万壑风。
> 试拂花牋为摹写,诗成任适自非工。

一句"诗成任适自非工"道出了章宗作文的态度。章宗的诗歌具有较高的欣赏价值,他的书法也具有较高的艺术价值。据陶宗仪《书史会要》、周密《癸辛杂识》续编及丰坊《书诀》等载,章宗的书法专学习宋徽宗的瘦金体,十分逼真。他还是字画、文物收藏家。明人陈继儒《太平清话》卷一说:"金章宗幸蓬莱院内宴时,所陈玉器及诸玩好盈前,视其篆识,多南宋宣和物。"章宗收藏的字画,多盖有他的专用印章。周密《云烟过眼录》续集载,章宗明昌年间有七个印章:内府葫芦印、群书秘府、明昌珍玩、明昌御览、御府宝绘、明昌中秘、御府。清张宗橚《词林纪事》引《词苑》说:"金章宗喜文学,善书画。闻宋徽宗以苏合油烟为墨,命购得之。墨一两,价黄金一斤。"可见其对文学、书画的喜爱程度。

金章宗"明昌御览"印

辽金元词

· 017 ·

金章宗留下的词作尽管只有两首,但却能窥探出其词作的柔媚姿态。《蝶恋花·聚骨扇》曰:

> 几股湘江龙骨瘦,巧样翻腾,叠作湘波皱。金缕小钿花草斗,翠条

更结同心扣。

　　金殿珠帘闲永昼，一握清风，暂喜怀中透。忽听传宣须急奏，轻轻褪入香罗袖。

这是一首题写在扇面上的词作。郭若《图画见闻志》载："宋熙宁丙辰冬，高丽遣使来至中国，用折叠扇为私觌物，其扇用鸦青纸为之，是折叠扇，宋时即有之。"况周颐评价此词说："真字是词骨，情真景真，所作必佳。此咏物兼赋事，写出廷臣入对时情景。确是咏聚头扇，确是章宗咏聚骨扇，他题他人挪移不得，所以为佳。"词作上片描写了扇子的形态、画面；下片叙述了使用扇子的情怀，风景媚丽，词句柔婉。又如《生查子·软金杯》：

　　　　风流紫府郎，痛饮乌纱岸。柔软九廻肠，冷却玻璃盏。
　　　　纤纤白玉葱，分破黄金弹。借得洞庭春，飞上桃花面。

此词写得温婉细腻。上片开首带有道家仙骨，"紫府"乃道教中仙人所居的地方。晋葛洪《抱朴子·祛惑》说："及至天上，先过紫府，金床玉几，晃晃昱昱，真贵处也。"上片写一男子手握软金杯痛饮的情形，下片写一女子敬酒及男子劝女子喝酒的情状。女子纤手玉指，向男子敬酒；男子也回敬一杯，女子不胜酒力，一杯下肚，粉面如桃花。

　　金章宗能写出如此缠绵温柔之词，不只因为其文才好，更主要的是他也有过温柔婉丽的生活基础。章宗有一位极为得宠的妃子，叫李师儿。《金史》载李师儿"能作字，知文义，尤善伺候颜色，迎合旨意"，深得章宗宠幸。钦怀皇后死后，章宗打算立李师儿为后，诸大臣都认为李师儿出身低微，反对立她为后，章宗不得已，加封她为元妃。李师儿虽然不是皇后，但权力很大，煊赫一时。清张宗橚《词林纪事》引《如庵小薹》说："章宗喜翰墨，听朝之暇，即与李宸妃登梳妆台，评品书画，临玩景物，得句，辄自画之。李妃亦有《梳妆台乐府》，不传于世，亦闺蟾中间气所钟也。"《词林纪事》引高士奇《金鳌退食笔记》说："章宗与李妃夜坐，上曰：'二人土上坐。'妃应声曰：'一月日边明。'上大悦。"李师儿的诗写得也很大气，深得章宗喜爱，从她的诗句里也能看出她参政的野心。李师儿不只是和章宗恩爱缠绵，她也积极参与朝政，当时也流传着讥讽李师儿的笑话，《金史》载：

　　一日,章宗宴宫中,优人瑇瑁头者戏于前。或问:"上国有何符瑞?"优曰:"汝不闻凤凰见乎?"其人曰:"知之,而未闻其详。"优曰:"其飞有四,所应亦异。若向上飞则风雨顺时,向下飞则五谷丰登,向外飞则四国来朝,向里(李)飞则加官进禄。"上笑而罢。

对于这些笑话,章宗也是一笑了之,对李师儿的爱慕可想而知。李师儿信奉道教,并且想利用道教来维护自己的权势。受她影响,章宗朝对全真教的政策极为宽松,也促使了这个新兴教派的大力发展。

辽金元词

故事中的金代词

金代由宋入金文人词

　　金代词人的创作大致上可以分为三个阶段。第一阶段是从金太祖元年至海陵王正隆五年,即宋徽宗政和五年至宋高宗绍兴三十年(1115—1160)。这一阶段是金国开国时期,百端待兴,无暇修文,所以在天辅、天会两朝(1117—1137),文学非常简陋,统治者对于中原文化往往敌视或摧残,不重视文化建设。直到金熙宗当政,才利用辽宋降臣和宋朝被拘留金的使臣为他们建立典章制度,一般称这一时期为"借才异代"时期。这个时期的词人较少,只有吴激、宇文虚中、高士谈、蔡松年、刘著、邓千江、张中孚等人。他们都是由宋入金的文人。虽然他们入金的情形不一样,但是在他们的词作中都表现了强烈的思国怀乡的情怀。

　　第二个阶段是从金世宗大定元年到卫绍王崇庆元年,即宋高宗三十一年到宋宁宗嘉定五年(1161—1212),这一时期是金国文学兴盛的时期,这一时期的词风也有所转变,大致有悲哀抒怀转变到写景抒情。这一时期的词人大致如下:蔡珪、刘迎、李晏、王寂、赵可、任询、冯子翼、刘仲尹、

耶律履、党怀英、王庭筠、元德明、赵摅、孟宗献、胥鼎、王硐、景覃、完颜从郁、刘昂、高宪、王特起。

第三阶段是从宣宗贞祐元年到哀宗天兴三年，即宋宁宗嘉定六年到宋理宗端平元年（1213—1234）。自贞祐南渡以后，金国已经一蹶不振，北方的大片土地已被蒙古民族夺得，金国几欲亡国，人民生活痛苦不堪，内忧外患丛生。此时文人不再吟风弄月，自我陶醉，因此词作主题转变为讽咏时事、感伤国乱。这一阶段的词人大致有：许古、辛愿、赵秉文、完颜璹、冯延登、李俊民、王渥、高永、折元礼、李节、王予可、赵元、李献能、雷渊、元好问、段克己、段成己。

故国苍茫又谁主？念苍茫，几年羁旅

——宇文虚中《迎春乐》

　　宇文虚中（1079—1146），名黄中，字叔通，后改名虚中，别号龙溪居士，成都人。初仕宋，宋徽宗大观三年（1109）登进士第，在州县做官。由于政绩突出，官至资政殿大学士，是皇帝的参议官，地位仅次于丞相。宇文虚中在对待宋、金、辽三国问题上，坚决抗金，反对联合金国对抗辽国，认为那样做无疑是引狼入室。为此，他给皇帝上了"十一策""二十议"，分析了金国觊觎宋朝的野心，但是没有得到皇帝的采纳。宣和七年（1125），金国向宋朝发动了蓄谋已久的战争，兵分两路，进攻燕山、太原，北宋朝廷慌作一团，这才想起宇文虚中的建议。宇文虚中建议朝廷降罪于己，更改朝廷弊政，以挽救时局。在北宋末年，宇文虚中就曾三次出使金营。在金人面前，宇文虚中大气凛然，使金国人大为钦佩，他的名声也在金国传播开来。

　　南宋建炎二年（1128），靖康之难的第二年，宇文虚中主动请缨，担任祈请使，第四次出使金国，希望能迎接宋徽宗、宋钦宗回国。金国则扣留了宇文虚中。由于宇文虚中在金国名声很大，金国认为如获至宝，先让他做金紫光禄大夫，后来又封国师，官至翰林学士承旨，地位远高于仕宋时。宇文虚中在金国得到了金熙宗的重用，金熙宗本人小时候就接受了汉文化，他放手让宇文虚中帮助他对金国进行改革。在宇文虚中的努力下，金国顺利完成了改革。通过改革，金国设立了宰辅制度、确立了君主专制政权、确立了"立子贵嫡"的皇位继承制度。改革后，金国变得更加强大起来，逐渐成为北方的强国。在文学方面，宇文虚中在金国具有开创之功。金代文学家赵秉文评论金朝文学时说："本朝百余年间以文章见称者，皇统间宇文公，大定间无可蔡公，明昌间则党公。"（《闲闲老人滏水文集》卷十一）宇文虚中的成就主要表现在诗歌和散文方面，"有文集行世"（《金史·宇文虚中传》），但是他的大部分诗文已经失传，留存下来的作品《中州集》中收录50首诗歌；《北窗炙輠》在《中州集》的基础上，又增加了三首；《宋代

辽
金
元
词

蜀文辑存》辑录了他的文策十二篇及个别词作;《归潜志》《金虏节要》《三朝北盟会编》《建炎以来系年要录》等书收录了他的一些散篇佚句。他的作品大多抒发思念故土、壮志未酬、期盼宋朝复兴的情怀,语言犀利,正气浩然,感染力强。

宇文虚中虽然被迫在金国做官,但是他志向很明确,就是要迎请宋徽宗、宋钦宗回国。其实宇文虚中作为祈请使出使金国,金国不同意二帝归国,但于第二年建炎三年(1129)同意让他归宋。与他一起出使金国的副使杨可辅归宋,宇文虚中却不愿意归宋,他说:"我的任务是迎请二帝归国,但是二帝不还,我也不能回去。"就这样,宇文虚中被滞留在金国。他虽然被迫仕金,但是心中时刻不忘故国。这在他的诗歌中可以得到体现。他的《在金日作三首》诗歌,很能反映他在金国时的心情。诗曰:

> 满腹诗书漫古今,频年流落易伤心。
> 南冠终日囚军府,北雁何时到上林。
> 开口推颓空抱朴,胁肩奔走尚腰金。
> 莫邪利剑今安在,不斩奸邪恨最深。

> 遥夜沉沉满暮霜,有时归梦到家乡。
> 传闻已筑西河馆,自许能肥北海羊。
> 回首两朝俱草莽,驰心万里绝农桑。
> 人生一死浑闲事,裂眦穿胸不汝忘。

> 不堪垂老尚蹉跎,有口无辞可奈何!
> 强食小儿犹解事,学妆娇女最怜他。
> 故今愧见沾秋雨,短长宁忘拆海波。
> 倚仗循环如可待,未愁来日苦无多。

宇文虚中尽管在金国做官,但是为人非常傲慢。在他眼中,金国女真人都是没文化的蛮人,他见了女真人就投以鄙夷的眼神,在语言上也常常讥讽女真人,因此金国的达官贵人对他大都有怨言。皇统六年,有人告发他预谋复宋,但是拿不出切实的证据,于是就编织罪名说,宇文虚中家藏了很多异国图书。这个罪名看似可笑,但也反映出当时金国士大夫对文化的不重视及对中原文化的抵制。宇文虚中也觉得这个罪名很可笑,他随口说:"要说家里有图书就是谋反,

那么从宋朝入仕金国的士大夫家里都有很多图书,比如高士谈家里的图书比我还多,难道也说高士谈谋反吗?"谁料宇文虚中的这句话害了高士谈,告发者也就顺便告发高士谈同谋,将宇文虚中和高士谈一并杀害。

　　流传下来的宇文虚中的诗作、词作全部是他在金国时所写,词流传下来的只有两首,都表达了对故国的思念之情。《迎春乐·立春》是他的代表作,他借助立春这个节气,托物咏怀,表达了他在异国他乡的思想感悟:

> 宝幡彩胜堆金缕,双燕钗头舞。人间要识春来处。天际雁,江边树。
> 故国苍茫又谁主? 念憔悴,几年羁旅。把酒托东风,吹取人归去。

词中的"胜"是一种饰物,上面打有彩结。立春是农历二十四节气中的第一个节气(公历2月3日到5日)。古时候很重视这个节气。宋人孟元老《东京梦华录》卷六《立春》载:

> 立春前一日,开封府进春牛入禁中鞭春。开封、符祥两县,置春牛于府前,至日绝早,府僚打春,如方州仪。府前左右,百姓卖小春牛,往往花装栏坐,上列百戏人物,春幡雪柳,各相献遗。春日,宰执亲王百官,皆赐金银幡胜。入贺讫,戴归私第。

立春日,家家剪彩或缕金箔,以贴屏风,有的也戴在头上。南宋的风俗与北宋大致相同。据周密《武林旧事》载,立春前一天,临安府在福宁殿进献大春牛,等皇帝驾临时,太监们都用五色丝做的彩杖鞭打春牛;立春这一天,皇上赐百官春幡胜,官职高的胜是用金子做的,官职低的则用金裹银或者用罗帛制成,文人墨客还要写对联,盛况空前,热闹非常。这一天,为了象征春天到来,人们还纷纷戴上彩剪的春燕,城中色彩斑斓,春意盎然。宇文虚中的《迎春乐·立春》正是写立春这一天,他身在异国他乡的感悟。

　　对于宇文虚中的死,南宋和金持不同的态度。金国认为宇文虚中是要挟兵谋反归宋,"皇统初,上京诸虏俘谋奉叔通为帅,夺兵仗南奔,事觉,系诏狱"(《中州集》);南宋则认为宇文虚中之死是秦桧从中作梗的结果,秦桧怂恿宋高宗将宇文虚中一家老小全部送到金国,致使宇文虚中复宋事件败露后,全家被杀。

辽金元词

佳作半为前人语

——吴激的隐括词《人月圆》

金朝在我国历史上是与南宋对峙的一个王朝。金统治者入主中原后，对中原文化表现出了极大的认同感，并积极接受学习中原文化。他们在学习中原文化时还找到了一个捷径，那就是"借才异代"，即直接拿宋朝的人才为我所用。通过这个办法，他们从宋朝任用了一大批有文化的人才。这批人文化底蕴深厚，具有较高的文学创作水平，尤其在词曲创作上。因此，在金朝也形成了这样一批由宋入金的特殊文学创作团体。吴激就是其中的一员。

吴激像

米芾书法

吴激（1090—1142），字彦高，号东山，建州（今福建建瓯）人。他是宋代著名书画家米芾之婿，《金史》载："激，米芾之婿也，工诗能文，字画俊逸得米芾笔意。尤精乐府，造语清婉，哀而不伤。"受米芾影响，他的书画深得米芾笔意。宋钦宗靖康末，奉命使金，因知名被扣留在云中（今山西大同），强命委任为翰林待制。吴激无奈，只得屈辱在敌朝做官长达15年之久。金熙宗皇统二年（1142），吴激出知深州（今河北深州市），到任才三日，即卒于深州。他是金代著名词人，词风清婉，有《东山乐府》。元好问的《中州集》收录吴激诗歌25首，唐圭璋《全金元词》收录其词十首，都是入金后的词作。

写有吴激《人月圆》词的枕头

吴激的词作在当时很具有影响力。张宗橚《词林纪事》卷二十引《居易录》载："高丽宰相李藏用，字显甫，从其主入朝于元。翰林学士王鹗邀宴于第，歌人唱吴彦高《人月圆》《春从天上来》二曲。藏用微吟其词，抗坠中音节，鹗起执其手，叹为海东贤人。"元好问《中州乐府》记载："好问曾见王防御公玉说，彦高此词（《人月圆》），句句用琵琶故实，引据甚明，今忘之矣。"又张宗橚引《归潜志》说："先翰林尝谈，国初宇文太学叔通主文盟时，吴深州彦高，视宇文为后进。宇文止呼为小吴。因会酒间，有一妇人，宋宗室子流落。诸公感叹，皆作乐章一阕。宇文作《念奴娇》，有'宋宗室家姬，秦王幼女，曾嫁钦慈族，干戈浩荡，事随天地翻覆'之语。次及彦高，作《人月圆》词云云。宇文览之大惊。自是，人乞词，辄曰：'当诣彦高也。'彦高词集，篇数虽不多，皆精微尽善，虽多用前人诗句，其剪截缀点若天成，真奇作也。先人尝云：'诗不宜用前人语。'若夫乐章，则剪截古人语亦无害。但要能使用尔。如彦高《人月圆》，半是古人句，其思致含蕴甚远，不露圭角，不犹胜于宇文自作哉！"可见吴激词作的影响之大。

词作《人月圆》是吴激的代表作。词曰：

南朝千古伤心地，犹唱后庭花。旧时王谢，堂前燕子，飞向谁家。

恍然一梦，天姿胜雪，宫鬓堆鸦。江州司马，青衫泪湿，同是天涯。

《容斋题跋》说："先公在燕山，赴北人张总侍御家集，出侍儿佐酒，中有一人，意状摧抑可怜。叩其故，乃宣和殿小宫姬也。坐客翰林直学士吴激，赋长短句纪之，闻者挥涕。"此词采用"隐括体"写成。"隐括体"是宋代兴起的一种特殊词体。其主要特点是，按照词牌的特定规律，对前人的诗文词赋进行剪裁或改写，创制别开生面的新作。吴激的《人月圆》通篇隐括了唐人诗歌，经过重新组合，注入自己的故国之思和亡国之恨。"南朝"二句，分别隐括了杜牧诗《泊秦淮》(商女不知亡国恨，隔江犹唱后庭花。)和王安石词《桂枝香·金陵怀古》(六朝旧事随流水，但寒烟、衰草凝绿。至今商女，时时犹唱《后庭》遗曲)中的语句，描述了宋宫姬在筵上吟唱故国歌曲的情状，字面写的是南朝之事，暗中则隐含了对故国宋朝的无限思念和无奈的情感。"旧时"三句，隐括刘禹锡《乌衣巷》"旧时王谢堂前燕，飞入寻常百姓家"诗意，表面写宫姬沦落他乡的悲伤情感，实际上也表达了自身与宫姬一样的情怀。下片则隐括白居易《琵琶行》，并化用了诗中"同是天涯沦落人，相逢何必曾相识""座中泣下谁最多？江州司马青衫湿"等句，将其诗意糅入词中，用以表达自身的悲伤情结。吴激借用前人妙句，"虽多用前人诗句，其剪截缀点若天成"，用以表达自己的思想情感，如果没有很高的文学修养，是很难办到的。难怪宇文虚中听了以后大吃一惊，认为吴激的水平高出自己。

与《人月圆》一样被视为他的代表作的《春从天上来》，同样表达他的去国怀乡、思念家国的伤感情怀。词前有个小序交代了此词创作的缘由："会宁府遇老姬，善鼓瑟，自言梨园旧籍，因感而赋此。"会宁府为金国都城，故址在今东北阿城县南的白城。这首词与前调《人月圆》情旨相同。谋篇练句，极尽缠绵悱恻之致。二词并读，可悟小令与慢词之规格。其"舞彻中原，尘飞沧海"三句，不啻是对宋徽宗荒淫误国乱政的批判，显得尤为深刻。词如下：

海角飘零。叹汉苑秦宫，坠露飞萤。梦里天上，金屋银屏。歌吹竞举青冥。问当时遗谱，有绝艺、鼓瑟湘灵。促哀弹，似林莺呖呖，山溜泠泠。

梨园太平乐府，醉几度东风，鬓变星星。舞彻中原，尘飞沧海，风

雪万里龙庭。写胡笳幽怨,人憔悴,不似丹青。酒微醒,对一窗凉月,

灯火青荧。

　　吴激是在会宁府一次宴会上与这位流落北方的宋梨园老姬相遇的。据《靖康稗史笺证》之七《宋俘记》所载,金灭宋时,俘去金的各种人约两万人,其中教坊中人约三千,这位梨园旧籍的老姬大概也在其中。吴激与这位老姬相遇,也如在张侍御家与那位宋宗室宫姬相遇一样,感慨颇深,同是背井离乡,故赋此词。词首"海角飘零",既说老姬,又暗合自己,点明了二人有共同的悲惨遭遇。"汉苑秦宫,坠露飞萤",慨叹宋朝的灭亡,像汉苑秦宫一样,现在都无影无踪了。老姬的技艺当时很好,并且还记得旧谱,她鼓瑟的声调仍然优美动听,只是和当年相比,多了些"哀"的情感。下片感慨了世事变迁和时光流逝以及对现状的无奈,其次隐括杜牧《过华清宫绝句三首》中的第二首"霓裳一曲千峰上,舞破中原始下来"两句,借以讽刺宋徽宗。杜牧诗是讽刺唐玄宗沉醉于歌舞而致使安史之乱的,吴激也借以讽刺宋徽宗沉迷歌舞而致金兵入侵、中原沦陷。此词以叙事的口吻,却深藏悲情。

　　吴激对金代词坛产生了深远的影响。他开创了金国一代词风,对苏学北行起了重要的推动作用,带动了金词的整体创作水平,在题材、风格、形式等多方面对金后世词创作提供了借鉴。

辽金元词

留取木樨花上露，挥醉墨，洒行云

——蔡松年《江城子》

蔡松年（1107—1159），字伯坚，自号萧闲老人。祖籍余杭，长于汴京。其父蔡靖，为宋保和殿大学士。北宋宣和末年，蔡靖以燕山府安抚使之职镇守燕山。宣和七年，金军副都统完颜宗望大举南下，在白河地区大败宋将郭药师。蔡靖是战是降，犹豫不定，十九岁的蔡松年与其舅舅许采力劝蔡靖坚守。但蔡靖在金国的威势下，最终投降了，燕山府成了金国的领地，蔡靖反过来为金国镇守燕山府。蔡松年也成了金国元帅府的"令史"，从此开始了在金国的生活。

蔡松年书法

在投金之初，蔡松年不愿意入仕金朝，他的内心非常痛苦。降金三年后，他还一直做着卖酒的生意。虽然他在宋朝没有做过什么高官，但他在思想上对于降金接受不了。在金国生活，不入仕，生活毕竟不太宽裕，迫于生计，蔡松年最终妥协了，入仕了金国。尽管如此，他思想上的痛苦还是不能泯灭。他在作于天会九年（1131）的《满江红》中说："老骥天山非我事，一蓑烟雨违人愿。"正表达了他内心的矛盾情结。他在《水龙吟》序言中表达了他入金后心灰意懒、想归隐山林的心情：

> 余始年二十余，岁在丁未，与故人东山吴继高父论求田问舍事。数为余言，怀卫间风气清淑，物产奇丽，相约他年为终焉之计。尔后事与愿违，遑遑未暇。……但空疏之迹，晚被宠荣，叨陪国论，上恩未报，未敢遽言乞骸。

他在入金之初想隐退山林，但最终未能如愿，"事与愿违"。在金朝做官的过程中，蔡松年很得金主的赏识，在他中晚年的时候，思想上反而还有些感激之情，这也是他思想的一个矛盾。

蔡松年对于自己入仕金国的荣华生活，用一句诗做了概括："却视高盖车，身宠神已辱。"（《庚申闰月从师还自颍上》）所以，即使做了高官，他还是放浪形骸，寄情于山水酒兴之中。他在很多词作的序言中都反映了他寄情于酒的现状。《念奴娇》序中说："仆来京洛三年未尝饱见春物。今岁江梅始开，复事远行。虎茵丹房东岫诸亲友折花酌酒于明秀峰下，仍借东坡先生赤壁词韵，出妙语以惜别。辄亦继作，致言欢不足之意。"词序记叙了作者到京洛没有看够梅花盛开的遗憾之情，"折花酌酒"，不仅仅是有惜别之意，还有对故国的眷恋之意，词中说："放眼南枝，忘怀樽酒，及此青青发。从今归梦，暗香千里横月。"他的归梦就是一片思乡梦，酒中蕴含了他对故土的一片祭奠之情。天会八年（1130）九月，金立刘豫于北京（今河北大多），国号齐。天会十年（1132），刘豫移都东京（今河南开封）。天会十五年（1137），金废黜刘豫，在东京置行台尚书省，都元帅宗弼领行台事，蔡松年被任命为行台部郎中。天眷元年（1138），金与宋达成和议，但是天眷三年（1140）金就背弃盟约，攻打宋朝，蔡松年也随宗弼南下，兼总军中六部事，即词序中所谓"复事远行"。他自被任命为行台部郎中，至从宗弼出征，恰好"来京洛三年"。皇统元年（1141），金与宋再度达成和议，宋向金增加岁币，宋向金称臣，蔡松年"还都"就在这一年。又《雨中花》序言中说："仆自刻意林壑，不耐俗事，懒慢之僻，殆与性成，每加责励，而不能自克。志复疏怯，嗜酒好睡。"在词中又说："嗜酒偏怜风竹，晋客神清，多寄玄虚。"他要像魏晋时竹林贤士一样，用酒麻醉自我，寄情山水以转移自己的情志。又《浣溪沙》词序中说："范季霭一夕小醉，乘月羽衣见过。仆时已被酒，顾窗间梨花清影，相视无言，乃折一枝径归。明日作浣溪沙见意，戏次其韵。"可以看出，蔡松年喝酒并不只是为酒，而是将自己的生活诗意化，同时，也是对自己精神的一种暂时解脱。他在一首《念奴娇》词序中所言，颇能说明他寄情遣怀的心绪："辛亥新正五日，

道逢卖灯者,晚至一人家,饮橙酒,以滴蜡黄梅侑樽。醉归感叹节物,顾念身世,殆无一为怀,作此自解。"蔡松年饮酒、放浪形骸乃至写词,很多时候是为了"遣怀"。

　　蔡松年在金国写词很有名气,与吴激一起以词闻名,时人常称"吴蔡体"。由于蔡松年的词名之大,辛弃疾在年少时都曾向他请教过作词之事。《宋史》辛弃疾传记载:"辛弃疾,字幼安,齐之历城人。少师蔡伯坚,与党怀英同学,号辛党。"据邓广铭先生《邓稼轩年谱》载,辛弃疾曾两次出使燕山,第一次在贞元二年,辛弃疾15岁;第二次在正隆二年,辛弃疾18岁。这两次出使,辛弃疾都曾拜谒过蔡松年,蔡松年评价辛弃疾说"子之诗则未也,他日当以词名家"。蔡松年说得很对,辛弃疾果然以词成了名家。《竹坡诗话》评价蔡松年的词说:"金九主百一十八年间,独蔡松年丞相乐府,与吴彦高东山乐府,脍炙艺林,推为吴蔡体。"元好问《中州乐府》中也评价说:"蔡丞相镇阳别业,有萧闲堂,自号萧闲老人。百年以来乐府,推伯坚与吴彦高,号吴蔡体。"(清张思岩、张宗楠《词林纪事》)被元好问评为蔡松年压卷之词作的乃是用苏轼《念奴娇·赤壁怀古》韵写成的《念奴娇》(离骚痛饮)。蔡松年在此词的序言中说:"还都后,诸公见追和赤壁词,用韵者凡六人,亦复重赋。"蔡松年在此词之前也用苏轼"赤壁怀古"韵写了一首《念奴娇》(倦游老眼),他的好友看到后,也有六人跟着用苏轼此韵写词,蔡松年又跟着写了此首词。此词慷慨有气势,风格豪放,堪与苏词相媲美。

　　但蔡松年所擅长并不是豪放词,而是叙说自己心绪的婉约词。如他为妻妾生日祝贺而作的《满江红》,写得情真意切,情意缠绵,"年年约,常相见。但无事,身强健",语言朴实而情深,感情看似平淡而却缠绵。天会五年(1127),高丽国派遣使者到金国祝贺正旦,金国作为礼节,也派遣使者到高丽国祝贺,从此两国互相祝贺成为常事。蔡松年也曾作为使者出使高丽。在出使高丽期间,高丽待其甚厚,蔡松年对侍奉他的一个侍女产生了感情,还专门写了首《石州慢》词以纪念。在此词中,蔡松年描写了侍女的美貌及他们二人的感情。"心期得处,世间言语非真,海犀一点寥廓。无物比情浓,觅无情相搏",这样的感情,恐非一两日所能得。词下片叙写了与侍女欢娱饮酒的情形,词风婉转多情,缠绵不绝。

　　蔡松年除了豪放词和婉约词外,还有豪放与婉约兼具的词,最为典型的是《江城子》:

　　　　半年无梦到春温,可怜人,到黄昏,想见玉徽,风度更清新。翠射

聘婷云八尺,谁为写,五湖真。

好风归路软红尘,暖冰魂,缕金裙,唤起一天,星月入金樽。留取
木樨花上露,挥醉墨,洒行云。

唐圭璋先生认为,此词上片取意于蔡松年的两句诗:"八尺五湖明秀峰""十丈琅
玕倒冰玉,明年为写五湖真"。上片写人写景,风格婉丽清新。"玉徽"是琴的代
称,唐代宋之问《放白鹇篇》有"玉徽闭匣留为念,六翮开笼任尔飞"之句。此片
词描绘了一个女子"无梦到春温"的情状,由于无事可做,于是弹琴自娱。而她
弹琴在别人看来是一道别致的风景,就像一幅画,弹琴人是画中人,弹琴人又是
画中景。下片由婉约转而为豪放。喝了一天的酒,从白天喝到晚上,露水都下
来了。对于露水,蔡松年非常喜爱,要用花上的露水蘸墨书写一幅漂亮的书法,
气势雄壮,率性自然。

蔡松年颇为提倡苏轼的豪放词风,但金国流行的是婉约词风。蔡松年用苏
轼的词韵写了不少豪放词,但更多的则是表露其心绪的婉约词。将其二者相结
合,也是蔡松年词作的一个尝试。

云雷天堑,金汤地险,名藩自古皋兰

——邓千江《望海潮》

在北宋时期,在北方除了辽国之外,还有一个西夏王国。南宋时,辽国被金国所灭,西夏依附金国。西夏是党项人建立的国家,是我国古代羌族的一支,也称为党项羌。隋末唐初,党项族开始强大,占据地区为"东至松州(今四川松潘县),西接叶护,南接春桑,北邻吐浑,有地三千余里"(《新五代史》卷七十四)。唐高祖武德六年(623),党项族归顺唐朝;唐太宗贞观八年(634),党项族首领拓跋赤辞彻底归顺唐朝,唐朝将其地分为三十二州,以松州为都督府,授拓跋赤辞为西戎州都督,赐姓李。在唐朝早期和中期,基本上对党项族采取保护政策,因此党项族和唐朝的关系非常密切。唐初党项族迁徙内地,加速了党项族政治、经济、文化的发展,也加速了和汉族经济、文化的交流。

唐朝末年,因党项族镇压黄巢起义有功,再一次被赐姓李。公元907年,朱全忠弑杀唐末帝李柷,自立为帝,建都汴(今河南开封),国号梁,历史上称为后梁。从此以后,中国进入了五代十国时期。由于朱全忠曾救过党项首领拓跋思谏,因而,朱全忠废唐自立后,党项族归附于梁。从唐朝末年党项族占领夏州,历经五代,党项拓跋部得到了大力发展,形成了一个以夏州为中心的地方割据势力。史称党项拓跋部贵族"虽未称国,而自其王久矣"。

北宋初年,宋太宗赐党项首领李继捧名为赵保忠,党项族归附北宋。宋太宗鉴于唐朝末年藩镇割据所带来的危险,采取了一系列限制藩镇割据的措施,这一措施触及了党项族的切身利益。李继捧的族弟李继迁开始了与北宋对立的局面。李继迁时期,他联合辽国共同对付北宋,使党项族势力大增。李继迁去世后,他的儿子李德明继续扩大割据范围,党项族势力进一步增强,为其儿子李元昊建国奠定了坚实的基础。李元昊即位后,首先削除了唐、宋所赐的李、赵姓氏,自号嵬名氏。李元昊采取了一系列措施,扩大了割据范围,其疆域东邻黄河,西到玉门(今甘肃敦煌市西),南到萧关(宁夏同心县南),北到大漠(内蒙古

瀚海),方圆有一万多里。李元昊用了六年时间,使党项族实力大增。夏大庆二年(1038)十月,元昊称帝,国号大夏,定都兴庆(后改中兴府,今宁夏银川),北宋称其国为西夏。

北宋末年,面对新兴的金国,宋徽宗采取联金灭辽的方略。而西夏则采取联辽抗金的策略。但在抗金的过程中,西夏不断失利,最终西夏依附金国。金国答应把下寨以北、阴山以南的天德军、云内州、金肃州(今内蒙古东胜县东)、河清军(今内蒙古东升县北)及武州(今山西五寨县)等地赐给西夏,但当金兵从辽国手中夺取武州以后,却把武州赐给了宋朝,以挑起宋和西夏的矛盾。西夏没有上当,他们趁宋、金交战之际,夺去了金国"赐"给他们的地方,金国得知后,又过来与西夏争夺这些土地。西夏向金质疑,于是金国与西夏划定疆界。1206年,安全篡位,改变了国策,与金国的关系破裂。在此之前,金国与西夏虽有矛盾,但基本上是和平相处的。

西夏与金国的战争都是一些较小的争端。金熙宗天眷三年(1140)发生过一次小的争端。据《金史·张奕本传》载,天眷三年,张奕为太原尹,晋宁军报西夏侵犯边界,张奕前去征讨。到边界才发现是因为折氏与夏有私仇,故意挑起争端,金国将折氏调换到青州,平定了变乱。海陵天德二年(1150),海陵王弑金熙宗自立,使人通告夏,夏因其文书中没有说明金熙宗为何下位而不受文书,后又发一通牒说明原委,夏才接受事实,向海陵王祝贺。正隆末年,夏乘机侵犯了荡羌、九羊、会川等城寨,又于金世宗大定元年(1161)归还这些城寨。金章宗明昌元年(1190),因夏人在金边境上肆意放牧,金国巡逻的将这些放牧的驱逐出境,不想发生争端,西夏处了闹事者,平息了争端。

兰州自古就是西北重镇,也是金国防御西夏的重要关隘。在金国与西夏和平相处的时期,两国在兰州地区并没有发生大型的战争。金国初期的词人邓千江写了首《望海潮》,形象地描绘了金国当时驻守兰州的情景:

> 云雷天堑,金汤地险,名藩自古皋兰。营屯绣错,山形米聚,襟喉百二秦关。鏖战血犹殷。见阵云冷落,时有雕盘。静塞楼头,晓月依旧玉弓弯。
>
> 看看,定远西还。有元戎闻命,上将斋坛。区脱昼空,兜零夕举,甘泉又报平安。吹笛虎牙间。且宴陪朱履,歌按云鬟。招取英灵毅魄,长绕贺兰山。

据刘祁《归潜志》载：

> 金国初，有张六太尉，镇西边。有一士人邓千江者献一乐章《望海
> 潮》云云，太尉赠以白金百星，其人犹不惬意而去。词至今传之。

元好问《中州乐府》收录此词，题为"上兰州守"，文字上有些出入。邓千江的这首词是他献给兰州太尉的，太尉收到这首词后，给了邓千江一些酬金，邓千江很不满意而去。他献词的本意是什么，得金后不满意为何，已不得而知，但从这首词能够看出当时金国在兰州守卫西夏的大致情形。

北宋初期沿袭唐朝制度，在兰州设立"兰州金城军事"。宋徽宗崇宁二年，将治所所在地五泉县改名为兰泉县。到南宋时，金国在北方设立十九路，分领府、州。金熙宗皇统二年，撤兰泉县，兰州统辖定远（今兰州榆中西北部）、龛谷（今兰州榆中）、阿干（今兰州七里河阿干镇）三县，隶属于临洮路。在北宋时期，西夏商人经常到兰州用良马、骆驼、牛羊、甘草等，交换北宋的瓷器、丝绸、茶叶、粮食等。金国统治时期，这里依然是通商的重要要塞。邓千江词交代了兰州当时的地理状况是"金汤地险"，也即是说兰州占据重要的地理位置，易守难攻。这样一个重镇，金国也派了重兵把守，"营屯绣错"，是说军营密布，就像锦绣一样错落有致。这句话既透露了兰州具有重兵的情形，又赞扬了兰州太尉张六布兵有方。"山形米聚"，化用东汉名将马援聚米为山的故事，意为群山叠嶂，地理环境对攻守有利，故兰州是"襟喉百二秦关"，像咽喉一样，位置很关键。

邓千江，临洮（今甘肃临洮）人，生卒年月不详，大概生活在金初，只存词一首。元人陶宗仪《南村辍耕录》说："金人大曲，如吴彦高《春草碧》、蔡伯坚《石州慢》、邓千江《望海潮》，可与苏子瞻《百字令》、辛幼安《摸鱼儿》相颉颃。"明人杨慎《词品》说："金人乐府，称邓千江《望海潮》为第一。"尽管只有一首词作，可是评价却极高。

形容憔悴不如初，文采风流仍似旧

——高士谈的《玉楼春》

　　高士谈，字子文，又字季默。宣和末，任忻州户曹参军，仕金为翰林直学士。为人温文尔雅，多与诗友唱和。皇统六年（1146），因宇文虚中得罪受牵连，被害。

　　女真人建立金国初期，本着"马上得之，马上治之"的政策，不重视文化建设，也没有什么典章制度。自金太祖得到辽人韩昉，太宗入宋汴州取得经籍之后，才开始稍稍注重文化建设。直到金熙宗时，才利用辽、宋降臣和宋朝被拘留金的使臣，为金朝建立典章制度。由于金并不太注重文化，所以金朝初期并没有产生出自己的高水平文人，有的只是从宋朝"借调"过去的，如宇文虚中、吴激、张斛、蔡松年、高士谈等。金朝得到这些文人通过几种方式完成。一是扣留使者，为己所用，如宇文虚中、吴激就是出使金国被扣留的；二是随父降金而被利用的，如蔡松年；三是金灭宋后，另仕新朝的，如张斛、高士谈等。他们尽管为金所用，但骨子里还是宋臣，时刻怀念故国。这种去国怀乡之情，可谓是由宋入金词人的一大特点，在他们的词作中也常流露出这种情感。高士谈的诗、词也带有这种情感。

　　高士谈的传记在《金史》中只有几句话：

　　　　士谈字季默，高琼之后。宣和末，为忻州户曹参军。入朝，官至翰林直学士。虚中、士谈俱有文集行于世。

高士谈著有《蒙城籍》，但今已佚失。据唐圭璋先生所编《全金元词》载，高士谈仅有四首词：《玉楼春》《减字木兰花》《朝中措》《好事近》。诗歌流传下来的也只有三十多首，收入元好问编撰的《中州集》中，全为仕金时所作。但我们从宇文虚中的传记中可以看出，高士谈是非常爱书之人，家中亦有很多藏书，不幸的

是,他恰又因家中藏书多而获罪。元脱脱《金史》载:

> 虚中尝撰宫殿榜署,本皆嘉美之名,恶虚中者摘其字以为谤讪朝
> 廷,由是媒蘖以成其罪矣。六年二月,唐括酬斡家奴杜天佛留告虚中
> 谋反,诏有司鞠治无状,乃罗织虚中家图书为反具,虚中曰:"死自吾
> 分。至于图籍,南来士大夫家家有之,高士谈图书尤多于我家,岂亦反
> 耶?"有司承顺风旨并杀士谈,至今冤之。

这是金朝的"文字狱",只是涉及的人并不多,仅宇文虚中、高士谈而已。"至于图
籍,南来士大夫家家有之",宋朝士大夫都是文化之人,对书籍尤为重视,金朝不
重视文化,竟将其视为获罪之因。由此可见,北上文人心中的苦闷之深。高士
谈亦如此。他在诗歌《不眠》中说:"泪眼依南斗,难忘去国情。"又如《晚登辽海
亭》中说:"客情到处身如寄,别恨他时梦可通。自叹不如华表鹤,故乡常在白云
中。"诗人的故国之思,亦是一种文化之思。高士谈之死受到了宇文虚中的牵
累,究其原因,乃是汉人与金人文化的一种冲突。

北宋灭亡之后,高士谈以宋臣的身份被迫仕金,其心境非常痛苦。高士谈
的《玉楼春》亦表达了这种在异国的忧愁和对故国的思念之情。

> 少年人物江山秀,流落天涯今白首。形容憔悴不如初,文采风流
> 仍似旧。
> 百花元是仙家酒,千岁灵根能益寿。都将万事付天公,且伴老人
> 开笑口。

高士谈此首词近诗,从此词也颇能窥探金人的词风。况周颐在《蕙风词话》卷三
中谈宋词与金词的不同时说:

> 南宋佳词能浑,至金源佳词近刚方。宋词深致能入骨,如清真、梦
> 窗是;金词清劲能树骨,如萧闲、遁菴是。南人得江山之秀,北人以冰
> 霜为清。南或失之绮靡,近于雕文刻镂之技。北或失之荒率,无解深
> 裘大马之讥。

高士谈的《玉楼春》上片叙说了词人自己一生的遭遇和一生的志向。词人用今昔对比的手法,将自己的悲惨遭遇和对故国的思念之情及自己内心的苦闷委婉表达了出来。前两句"少年人物江山秀,流落天涯今白首",将自身前后所处的地理环境和年龄状况进行了对比:少年时词人生活在南方,山清水秀,江山无限好,过着较为舒适的生活;现今流落在北方,成了亡国之臣,且年事已高,满头白发,历尽了沧桑。后两句承接前两句,将自身的遭遇更深一层描写,"形容憔悴不如初,文采风流仍似旧":历经了沧桑巨变,现在词人已是不只是"形容憔悴",心又何尝不是"憔悴"之心呢,身处异国他乡,文化的差异,精神上的痛楚,何以排遣?只有靠写写文章来排遣了。自己已经不是以前的自己了,只有文章还像以前一样,风采依旧。

词的下片乃是叙说词人在异国他乡时所持有的生活态度,也反映了词人的思想状态。下片前两句描绘了词人借酒浇愁的生活态度。"百花"是一种酒,唐代诗人钱起《山中寄时校书》中有:"百花酒满不见君,青山一望心断续。"至少在唐代已经有了"百花"酒。这种酒是好酒,喝了延年益寿,但是词人喝酒却不是为了延年益寿,而是用来消磨时间,打发无聊的生活。酒能麻痹人的神经,喝完之后什么事都不管了,只管开心就好,"且伴老人开笑口"。然而,这种酒后的开心能是真的开心吗?当然不是,只是作者借以排遣内心苦闷而已。高士谈的这首词,更像是其身世和精神状态的一个白描,透过这首词,我们可以看出高士谈在金朝生活的苦闷和对故国的眷恋。

辽金元词

故事中的金代词

金 代 文 人 词

金人入主中原以后,逐渐学习进步的汉文化,文学上取得了较大成就。以诗词论,据元好问《中州集》统计,录诗246人,基本上都是汉人。金代词风与南宋大为不同,金国主要倡导苏轼的豪放词风。

金初是"借才异代"期,中叶以后,金世宗、金章宗时期,与南宋议和,四十多年没大的战争,社会较为安定,文化事业有了较大发展。大定、明昌之际,经济文化较为繁荣,这时主持文坛的是党怀英、赵秉文,他们都生于金代。

代表金词成就的是元好问。元好问生于金末,饱经离乱,对人民的苦难生活有切身体会,反映到词里,就有一种浓郁的现实主义风格,词风慨而低回、真切沉郁。

辽金元词

海外九州，邮亭一别，此生未卜他生

——赵可《望海潮》

赵可，字献之，号玉峰散人，高平（今属山西省）人。贞元二年（1154）进士，官至翰林直学士。《金史》称其"博学高才，卓荦不羁"，有《玉峰散人集》。

据刘祁《归潜志》说，赵可小时候参加科举考试，作完《王业艰难赋》试题交卷后，考试还没有结束，他就在座位上戏作了一首词：

赵可可，肚里文章可可。三场捱了两场过，只有这番解火。

恰如合眼跳黄河，知他是过也不过。试官道王业艰难，好交你和我。

当时海陵王完颜亮御文明殿，看见了赵可的戏词，赶忙找人把这首词抄录了一份，并告诉考官说："这个人中与不中，都要告诉我。"后来，赵可果然中举了。金世宗时，赵可初为翰林修撰。有一天晚上，他看金太宗《神射碑》好多遍，已经熟记于心。事情凑巧，第二天世宗召集百官去宗庙祭祀，走到太宗碑下，世宗让学士院官员读碑上文字，刚好赵可在现场，就朗读了起来，口齿清晰，语言流利，好像平时就经常读诵一样，世宗感觉很奇怪，过了不久，就升他为待制职务。等到世宗要册封金章宗为皇太孙时，也让他作文，其中两句写道："念天下大器，可不正其本欤；而世嫡皇孙，所谓无以易者。"及章宗即位，偶然一次机会问臣下，以前的策文是谁写的，臣下回答说是赵可，章宗即将赵可提升为翰林直学士。

大定二十七年（1187），年过五十的赵可出使高丽，归国后就去世了。他在高丽时为一个歌姬写过一首词《望海潮》，不想这首词成了他的绝唱。刘祁《归潜志》说：

晚年奉使高丽，高丽故事上国使来，馆中有侍妓，献之作《望海潮》

以赠,为世所传。其词云云,归而下世。人以为"此生未卜他生"之谶云。先是,蔡丞相伯坚,亦尝奉使高丽,为馆妓赋《石州慢》云云,二词至今,人不能优劣。予谓萧闲之浑厚,玉峰之峭拔,皆可人。

从蔡松年、赵可出使高丽,我们可以看看当时金国与高丽的关系。金国在灭掉辽国以前,很长一段时期都和高丽和平相处。高丽的工艺匠人帮助金人改良器具,提高生产效率,金国则给高丽提供他们所需的马、羊、矿石及其他原材料。金国灭掉辽国后,有时也对高丽用兵,态度较以前有所转变。高丽一方面积极抵御,另一方面也按照以往对辽国的态度,和金国和平谈判。金国当时主要防御西夏和南宋,因而重兵主要集结在南宋和西夏边境,对于高丽,暂不顾及,因而和高丽基本上是和平相处,两国经常互有往来祝贺。但是,金灭辽国后,金与高丽的关系不是以往的两国关系,而是高丽臣属于金,要向金国进贡。

金与高丽的邦交正式开始于1116年(金收国二年,高丽睿宗十一年),当时辽金战争已经展开,金国为了避免辽与高丽结成同盟,极力与高丽和好。该年八月,高丽也派遣使者使金,请求金国归还保州城。保州本是辽国侵夺高丽的土地,高丽见金日益强盛,有灭亡辽国之势,趁机要把保州要过来。金国对保州也很重视,在高丽提出归还保州之时,金国已经派兵大力攻取保州了。在高丽向金国提出归还保州之时,金国与辽国战斗正处在激烈的状态中,金国就对高丽说:"保州近尔边境,听尔自取,今乃勤我师徒,破敌城下。且蒲马之时口陈,俟有表请,即当别议。"(《金史·高丽》)高丽派遣使者蒲马与金国谈判,金太祖满口答应说"听尔自取",但是你蒲马只是口头说说,高丽国没有表请,目前还不能正是协定。金太祖这么说是为了稳住高丽国,以便全力攻打辽国。

在金国还没有强大的时候,金国曾向高丽请求建交,自称高丽为"父母之邦";但当金太祖即将攻破辽国时,1117年(金天辅元年,高丽睿宗十二年)三月,向高丽请求和亲,并以"兄"自居。这一变化,对于长期以来视女真人为夷狄的高丽来说,从心理和文化上都接受不了,对于金的提议,高丽臣属普遍反对,甚至有人提出杀掉金国使者。1118年(金天辅二年,高丽睿宗十三年)十二月,金国更以宗主国的身份诏谕高丽说:"朕始兴师伐辽,已尝布告,赖皇天助顺,屡败敌兵,北自上京,南至于海,其间京府州县部族人民悉皆抚定。今遣孛堇术孛报

谕,仍赐马一匹,至可领也。"(《金史·高丽》)1119年,金国派遣高随、斜野出使高丽,到边境之后,高丽接见他们的礼节有些不逊,高随、斜野向金太宗汇报,金太宗说:"高丽多年称臣于辽国,他们应该像对待辽国一样对待我们。但是我国新丧,辽国国君还没有擒获,你们忍耐一下,也不要太强求。"于是金太宗就让他们二人回来了。可以看出,金国进一步威逼高丽称臣,只是时机还没有成熟,此时金国并没有采取强硬的手段。高丽也感觉到金国的强大压力,在边境上修补长城以备金兵,金国由于正在应付辽国,对高丽此举也采取忍让的态度。金太宗对守边将士下诏说:"毋得侵轶生事,但慎固营垒,广布耳目而已。"

1120年(金天辅四年),金国派遣使者高伯淑、乌至忠出使高丽,并对高丽王说:"若按照高丽对辽国一样对待金国,那么金国就将保州归还高丽。"高丽同意按照对待辽国一样对待金国。这样,高丽就纳贡于金国。

金大定十七年(1178),高丽向金国进贺礼,礼物是玉带及石头(像玉而非玉),金国有关部门的大臣要责问高丽缘由,金世宗说:"他们是小国,没有人能够识别玉,误把石头当成了玉,不必再责问了。"从金世宗的话可以看出,金国对于高丽这样一个小国,已经不是很在意了,侧面反映了金国当时逐渐强大的趋势。

赵可作为金国的使者出使高丽,高丽像对待辽国一样对待金国。作为"上国"使者,赵可受到了很好的待遇。赵可之类的文人出使高丽,也促进金国与高丽的文化交流。《望海潮》词曰:

> 云垂余发,霞拖广袂,人间自有飞琼。三馆俊游,百衔高选,翩翩老阮才名。银汉会双星。尚相看脉脉,似隔盈盈。醉玉添春,梦云同夜惜卿卿。
>
> 离殇草草同倾。记灵犀旧曲,晓枕余醒。海外九州,邮亭一别,此生未卜他生。江上数峰青。怅断云残雨,不见高城。二月辽阳芳草,千里路旁情。

从词中我们可以看出高丽非常热情地款待了赵可。高丽派出接待赵可的侍妓非常漂亮,赵可将此女比喻为王母娘娘的侍女许飞琼。赵可也很感谢金国能够派他出使高丽,"百衔高选,翩翩老阮才名",从百官中选派出使的人,因其才名较大,故派遣他出使高丽。赵可非常喜欢这个侍女,刚开始二人还比较陌生,时间长了，竟然"梦云同夜惜卿卿"。由于建立了感情，以致分别时依依不舍，写词相送，想到侍女"海外九州"，不知道"邮亭一别，此生未卜他生"。从赵可和侍女的感情进展来看，赵可在高丽应该待了不少时日。

　　此词是赵可出使高丽与一侍妓感情的见证，也是金国与高丽建交两国文化交流的见证。

辽金元词

人言再世苏子美

——赵秉文《水调歌头》

　　赵秉文（1159—1232），字周臣，晚号闲闲道人，磁州滏阳（今河北磁县）人。金代著名的理学家、文学家、书法家。他在金末文坛上活跃了四十多年，著述甚丰，有《闲闲老人滏水文集》传世。他的思想兼具儒释道三家，但以儒家思想更为突出。他历经了金国由盛到衰的转变，希望金国能以儒家思想稳定统治。他的诗文成就在金代都较为突出，被后世称为金士巨擘。在文学发展史上，赵秉文文学继承苏轼文学之传统，对金元文风产生了重要影响。

赵秉文像

　　金代科举尤重词赋科，所以文人非常注重词赋的研习，而对其他学问研究的较少。刘祁云《归潜志》说："金朝律赋之弊不可言。大定间诸公所作，气质浑厚，学问深博，犹可观。其后，张承旨行简知贡举，惟以格律痛绳之，洗垢求瘢苛甚，其一时士子趋学，模题画影，至不成语言，以是有'甘泉''甜水'之喻，文风浸衰。"又说："泰和、大安以来，科举之文弊。盖有司惟守格法，无育材心，故所取之文皆猥弱陈腐，苟合程度而已。其逸才宏气、喜为奇异语者往往遭绌落，文风益衰。"大安三年（1211），党怀英病逝，赵秉文成了文坛盟主，他极力改变这种弊端。他推崇"古学"，在科举上也不再仅以词赋取士，对金代末年文风影响很大。

　　赵秉文诗歌的艺术成就较高，流传下来大量的诗文创作。他不但诗歌写得好，而且书法、绘画都很好。他用自己的诗歌，写了不少"题画诗"，这是他作为金代诗人的一大创举。流传下来的赵秉文的题画诗共有61首。他作的题画诗的对象，常常是唐代流传下来的名画，也有金代较为知名画家的画作，他在诗歌里表现了对画作的态度。他所题的画作，好多已经失传了，但从他的诗歌里能

够看出当时流传的画作的名称及画作的主要内容。如《杨秘监秋江捕鱼图》：

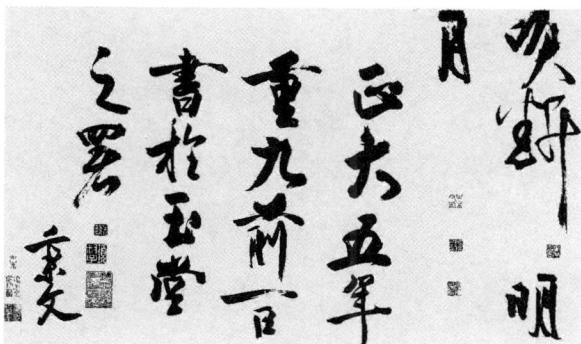

赵秉文书法

山苍苍，江茫茫，鸟飞不尽吴山长。

潮平涨落洲渚出，秋风几舍鲈鱼乡。

渔郎聚鱼鸣两桨，青罾触破青山浪。

修林出水玉参差，晚日摇光金荡漾。

长林无声枫叶丹，清波不动江水寒。

谁令此图落尘土，乃是杨侯造化之笔端。

我披此图四十载，老去而今重见画。

空留名字落人间，当日题诗几人在？

渔人走利士走名，得失与鱼相重轻。

笑把纶竿渺沧海，浩歌直欲脍长鲸。

这首题画诗描写了杨侯"秋江捕鱼图"的内容，并叙说了自己见到此画的内心感受，达到了"诗中有画，画中有诗"的艺术效果。

赵秉文的词流传下来的较少，《中州乐府》记录其词作有6首。他的词作有苏轼豪放之风格，豪迈旷达，神似东坡。他自己在《水调歌头》序言中说：

昔拟栩仙人王云鹤，赠予诗云："寄与闲闲傲浪仙，枉随诗酒坠凡缘。黄尘遮断来时路，不到蓬山五百年。"其后玉龟山人云："子前身赤城子也。"予因以诗寄之云："玉龟山下古仙真，许我天台一化身。拟折玉莲骑白鹤，他年沧海看扬尘。"吾友赵礼部庭玉说，丹阳子谓予再世

辽金元词

苏子美也。赤城子，则吾岂敢。若子美则庶几焉。尚愧辞翰微不及耳。因作此以寄意焉。

赵秉文在诗序中虽然不敢以苏轼化身自居，但是明显表露了自己的词作有追随苏轼之意。他的《水调歌头》即用苏轼之词调展现了自己和苏轼一样的旷达胸襟。

四明有狂客，呼我谪仙人。俗缘千劫不尽，回首落红尘。我欲骑鲸去，只恐神仙官府，嫌我醉时嗔。几度梦中身。

倚长松，聊拂石，坐看云。忽然黑霓落手，醉舞紫毫春。寄语沧浪流水，曾识闲闲居士。好为濯冠巾，却返天台去，华发散麒麟。

赵秉文酷爱读书，《中州集》说："公自幼至老，未尝一日废书不观，与人交，不立崖岸。仕五朝，官六卿，自奉养如寒士，不知富贵为何物。"《归潜志》中也说："周臣性疏旷，无机凿。治民镇静不生事，在朝循循无异言，家居未尝有声色之娱。夫人卒，不再娶，酷好学，至老不衰。后两目颇昏，犹孜孜执卷，抄录所著书，无虑数千万言。"赵秉文用来表达自己超脱之意的时候，和苏轼"乘风归去"不同，他习惯用乘"鲸"归去，意为成仙得道的意思。如他在《大江东去·用东坡先生韵》中说："回首赤壁矶边，骑鲸人去，几度山花发。""骑鲸"在文学上出现一般有两个意思，"隐逸"或者"成仙"的意思。如杨雄《羽猎赋》中说："乘巨鳞，骑京鱼。""京鱼"即"鲸鱼"的意思。宋晁补之《少年游·次季良韵》词："它日骑鲸，尚怜迷路，与问众仙真。"元耶律楚材《西域从王君玉乞茶因其韵》之六："清兴无涯腾八表，骑鲸踏破赤城霞。"明张煌言《沉彤庵阁学舣舟南日山》诗："袖归当有支机石，岂遂骑鲸向碧空。"清姚鼐《阜城作》诗："侧闻太山谷，往往仙人行。云霄昼下鹿，东海远骑鲸。""骑鲸"都含有"仙人"之意。

赵秉文的词大都豪放，有些词作豪放中见性情，也有些词作平淡中见豪放。如《青杏儿》即属后一类：

风雨替花愁。风雨罢，花也应休。劝君莫惜花前醉，今年花谢，明年花谢，白了人头。

乘兴两三瓯。拣溪山好处追游。但教有酒身无事，有花也好，无花也好,还甚春秋。

这首词平淡中见豪放,平淡中见真情。词作上片主旨是要及时行乐,"劝君莫惜花前醉",大有李白"行乐须及春"之意。花开花谢,大自然的规律,但对于一个人来说,随着花开花谢,人也就逐渐步入老年,"白了人头"。词人惜春又惜花,但却从"风雨"的角度入手,让"风雨"去惜花。由"风雨"惜花想到年华易逝,进而想到"莫惜花前醉",这是一种思想的超脱,是一种对待时光流年的人生态度。词的下片主旨是饮酒"追游"。只要有酒喝,只要能游山玩水,"有花也好,无花也好",都可以快乐的生活。这种超脱的人生态度,用平淡的语言表达出来,既自然又洒脱。

赵秉文山水题材的词作写得也很富有情趣,画面感很强,词中有画,画中有词,也表露出他的洒脱豪放的情感。如《渔歌子·仿张志和西塞》:

> 一叶黄飞一叶舟,半竿落日半江秋。青草渡,白蘋洲,归路月明山上头。

这首山水词作呈献出一种很强的画面感,词中颜色对比鲜明,用"黄""落日""青""白""月明"等词增加了颜色的对比和画面的层次感。通过这首词,我们能看到一个人游山玩水到月明的景象。词仿张志和,词境也极像张志和的词境。张志和词曰:

> 西塞山前白鹭飞,桃花流水鳜鱼肥。青箬笠,绿蓑衣,斜风细雨不须归。

唐代诗人张志和曾在朝廷做过小官,后来隐居在江湖上,自称烟波钓徒。他的《渔歌子》词就借渔父生活来表现自己隐居生活的乐趣。赵秉文词作也常表现自己超脱生活的情趣,他的仿词,可谓形似神似。

辽金元词

楼依一天秋,秋天一依楼

——王庭筠回文词《菩萨蛮》

　　王庭筠(1156—1202),字子端,号黄华山主,盖州熊岳(今辽宁盖州市西南)人。早有重名,金世宗大定十六年(1176)登进士甲科,文采风流。章宗朝累迁至翰林修撰。王庭筠多才艺,尤以书画著名。书法学习宋米芾,画擅长山水墨竹。诗律深严,七言长篇尤工。有《王翰林文集》,存词十二首。

　　王庭筠七岁开始学诗,十一岁能赋诗。然王庭筠早年在仕途上颇有周折。他登进士第时,调恩州军事判官,在任时有一件事提高了他的声誉。他的管辖内有个人叫邹四,预谋不轨,王庭筠逮捕了参与者一千多人,但是主谋邹四等人却没有抓住。王庭筠设计抓住了邹四等主谋十二人,朝廷升他为馆陶主簿。对于王庭筠的才学,金章宗也颇为赏识,但是金章宗不喜欢他的文章。章宗明昌元年(1190)三月向学士院诏谕说:“王庭筠所试文,句太长,朕不喜此,亦恐四方效之。”章宗不喜欢王庭筠的长句子,向学士院说,不要效仿王庭筠。章宗又对平章张汝霖说:“王庭筠文艺颇佳,然语句不健,其人才高,亦不难改也。”章宗虽喜欢王庭筠的才气,但不喜欢他写的句子,希望他能改改写句子的文风。这时候,有人弹劾王庭筠,说他在馆陶时,治下有人图谋不轨,他治理无方,不应该让他担任馆陶一职。于是章宗罢了他的官,王庭筠就居住在彰德,买田自耕,常在黄华山寺中读书,因此他就自号黄华山主。王庭筠罢官七个月后,章宗有一天慨叹朝中缺乏有学之士,有人给章宗推荐王庭筠,于是他又被任为应奉翰林文字。但不久,章宗发现朝中很多人都学习王庭筠的文风,害怕他将来有“朋党”嫌疑,于是又贬他为翰林修撰。承安元年(1196)正月,他因赵秉文上书而受到牵连,被投入狱,被杖打六十,削官罢职。王庭筠在狱中写了一首《狱中赋萱》:

　　　　沙麓百战场,乌卤不敏树。况复幽圄中,万古结愁雾。寸根不择
　　地,于此生意具。婆娑绿云杪,金凤掣未去。晚雨沾濡之,向我泫如
　　诉,忘忧定漫说,相对清泪雨。

辽金元词

王庭筠在诗中托物言志,表达了自己的冤屈和不平。元好问曾将这首诗连同柳宗元的《戏题阶前芍药》、苏轼的《长春如稚女》《赋王伯飏所藏赵昌画梅花》《黄葵》《芙蓉》《山茶》及党怀英的《西湖芙蓉》《晚菊》等九首咏物诗编在一起,请赵秉文写成一副长轴,并自题其后说:"柳州怨之愈深,其辞愈缓,得古诗之正,其清新婉丽,六朝辞人少有及者。东坡爱而学之,极形似之工,其怨则不能自掩也。党承旨出于二家,辞不足而意有余。王内涵(王庭筠)无意追配古人,而偶与之合,遂为集中第一。大都柳出于《雅》,坡以下皆有骚人之余韵,所谓生不并世,俱名家者也。"泰和元年(1201),章宗又任命他为翰林修撰,扈从秋山,他应制赋诗三十多首,章宗非常高兴。但不幸的是,王庭筠在第二年就去世了,享年47岁。章宗也很遗憾,让臣下收集王庭筠的诗文,收藏起来。

王庭筠仪容秀伟,善谈笑,一般人刚开始都不敢与他亲近,等到见了他之后,才发现他和蔼可亲,常爱表扬别人的长处,所以,都愿与他交往。他的词作留存下来的不多,清代况周颐在《蕙风词话》中说:"金源人词,伉爽清疏,自成格调。唯王黄华小令,间涉幽峭之笔,绵邈之音。"他流传下来的有三首《菩萨蛮》回文词,颇能表达他短暂而又不得意的一生。

> 断肠人恨余香换。换香余恨人断肠。尘暗锁窗春。春窗锁暗尘。
> 小花檐月晓。晓月檐花小。屏掩半山青。青山半掩屏。
>
> 客愁枫叶秋江隔。隔江秋叶枫愁客。行远望高城。城高望远行。
> 故人新恨苦。苦恨新人故。斜日晚啼鸦。鸦啼晚日斜。
>
> 白云孤映遥山碧。碧山遥映孤云白。楼依一天秋。秋天一依楼。
> 断肠随雁断。断雁随肠断。来雁与书回。回书与雁来。

所谓回文,亦称回环,是一种利用语句穿梭般回环往复的形式,以增强艺术表达效果的修辞手法。回文词承回文诗而来,大约始于北宋,但是回文词比之回文诗还要难写作。回文诗相传始于晋代傅咸和温峤,可惜诗作没有流传下来。回环词和回环诗一样,一般具有四种形式:一为双句回文,即两句之间回文,王庭筠的词即属此;二是通体回文,即一首词完全可以倒读,且符合韵律,如清代董元恺有一首《浣溪沙·春闺》:

莺语听残春院晴,屏云依共晚寒凝。黛痕愁入远峰青。

庭满落花香寂寂,声和玉漏夜清清。轻红拂梦晓来醒。

这首词即属于通体回文。三是上下两片回文,即下片是上片的倒读,如苏轼《西江月·泛湖》:

雨过清风弄柳,湖东映日春烟。晴芜平水远连天,隐隐飞翻燕舞。

燕舞翻飞隐隐,天连远水平芜。晴烟春日映东湖,柳弄风清过雨。

四是诗词双回文,即词倒读时,重新断句,将它变为一首诗。如清代才女张芬的《虞美人·寄怀素窗陈妹》:

秋声几阵连飞雁,梦断随肠断。欲将愁怨赋歌诗,叠叠竹梧移影、月迟迟。

楼高依望长离别,叶落寒阴结。冷风留得未残灯,静夜幽庭小掩、半窗明。

这首词重新断句后,变为一首诗歌:

明窗半掩小庭幽,夜静灯残未得留。

风冷结阴寒落叶,别离常望依高楼。

迟迟月影移梧竹,叠叠诗歌赋怨愁。

将欲断肠随断梦,雁飞连阵几声秋。

宋代李禺有一首回文诗,颇具特色,正看是夫忆妻,倒看是妻忆夫。

枯眼望遥山隔水,往来曾见几心知。

壶空怕酌一杯酒,笔下难成和韵诗。

途路阻人离别久,讯音无雁寄回迟。

孤灯夜守长寥寂,夫忆妻兮父忆儿。

夜色明河静,好风来千里

——王予可《生查子》

王予可的一生颇具传奇色彩,据有关史料记载,王予可字南云,吉州人。他的父亲当过军校,王予可也曾在军队做过差役;南渡后,居上蔡、遂平、郾城之间;壬辰兵乱,为顺天军将领所得,将领知道他名气很大,想把他挟持北归,但是过了一段时间后,他却因病去世了,传说后来又有人在淮河附近见过王予可。据说是他不愿意入仕金国而装死的。据清张宗楠《词林纪事》载《中州集》说:"南云三十许,大病后忽发狂,久之,能把笔作诗文。与之纸,落笔数百言,或诗、或文、散漫碎杂,无句读,无首尾,遇宋讳亦时避之。人或问以故事,其应如响。诸所引书,皆世所未见。谈说之际,若稍有条贯,则又以诞幻语乱之。尝醉后云:'一壶天地醒眠小。'《宫词》云:'翠雀啄晴苔。'《射虎》首句云:'风色偃貂裘。'即阁笔自戏云:'虎来矣,乐府云,唾尖绒,舌淡红酣。'又自戏云:'欲下犁舌狱耶。'此类尚多。人亦多赠南云诗者。李子迁云:'石鼎夜联诗句健,布囊春醉酒钱粗。'真南云传神诗也。"传说王予可身材奇伟,长相奇古,所穿衣服常常遮不住腿,当时人给他起了个外号叫"哨腿王"。喜欢喝酒,酒醉后常常在头上插花,常在额头上系一个像月亮一样的铜片,言语怪诞。他不但诗文写得好,而且字画也好。

王予可生活在宋末、金初之际,有些人将其归为宋人,有些人将其归为金人。《金史》有他的简要的传记。他的诗作流传下来的很少,《中州集》录其诗歌只有七首,文学性较高的有《驯鹤图》《南园湖石》。《驯鹤图》是一首题画诗,在这首题画诗里,王予可表达了对后宫生活凄苦的同情及自己不愿入仕的高洁之志。

寝处妆铅未卷钗,孤云花带月边来。
六宫帘幕金鸾冷,露湿晨烟啄翠苔。

这首诗既是对《驯鹤图》画作的描写，又抒发了自己的心志。鹤一般代表高洁孤傲，与鹤关系比较密切的文学家是宋代的林逋。林逋是北宋著名的隐逸诗人，他性格孤高，不趋于名利，40岁时，隐居在杭州西湖，常驾着小舟游览西湖的各名寺，与高僧诗友来往。他酷爱梅花与鹤，他自称"以梅为妻，以鹤为子"，因而有"梅妻鹤子"之佳话。他的诗作《小隐自题》说："竹树绕吾庐，清深趣有余。鹤闲临水久，蜂懒采花疏。酒病妨开卷，春阴入荷锄。 尝怜古图画，多半写樵渔。"充分表达了他隐逸生活的情景。 在古诗中有很多描写鹤的诗句。鲍照《鹤舞赋》："精含丹而星

《孤山放鹤图》，清代上官周绘，中国美术馆馆藏

曜，顶凝紫而烟华。"张九龄《羡鹤》："远集长江静，高翔众鸟稀。"白居易《池鹤》："低头乍恐丹砂落，晒翅常疑白雪消。"这些诗作都描绘了鹤的形状及其高远之志。王予可的诗作也和大多数咏鹤诗一样，前两句描绘了夜晚月中之鹤的姿态，后两句写鹤不愿栖落在"帘幕金鸾"的六宫，宁愿"露湿晨烟啄翠苔"。通过对鹤高洁品格的歌咏，也表露了王予可胸中的志向。

王予可词作流传下来的更少，在《中州集》中录有三首：《小重山》《长相思》《生查子》。明代杨慎《词品》说王予可词《生查子》"飘逸高妙如此，固谪仙之流亚也。"清代沈雄《古今词话·词评》说王予可词"故隽上无尘俗气，或曰忠义神仙也。"清徐釚《词苑丛谈》说王予可"尝赋《长相思》，都非常语。"王予可的《长相思》是一首婉约词：

风暖时，雨晴时，熏褶罗衣人未归。蛛蛾愁欲飞。
枕琼霞，锁窗纱，帘月楼空燕子家。春风扫落花。

辽金元词

词作上片写一女子对意中人的思念之情。开首两句大致交代了天气状况,风暖雨晴,而自己的意中人还没有来,暗示在风冷雨下的时候,这一女子也一直在思念。"蟇蛾"即"蟇首蛾眉"的简略,意为非常美丽的女子。这一女子由于思念意中人而未见,不愿意再继续等待了。"愁欲飞",猜测有两层含义:一是女子思念焦虑,不愿继续等待;二是暗含女子可能要去亲自寻找意中人。词的下片承上片而来,略显悲凉。女子居住过的房间已经没有人了,女子已经不在了,然而她的枕头上的云霞样花纹还能依稀可见;窗子也关上了,房子的女主人已经离去,人去楼空,这里成了燕子的家了。庭院里也一片萧条,落花满地,无人打扫,落花在春风的吹拂下四处飘荡。此词大有"人面不知何处去,桃花依旧笑春风"的意境,亦有"今年元夜时,月与花依旧。不见去年人,泪湿春衫袖"的意境。

王予可的《生查子》用词婉约而意境豪放:

> 夜色明河静,好风来千里。水殿谪仙人,皓齿清歌起。
> 前声金罍中,后声银河底。一夜岭头云,绕遍楼头水。

这首词引起过不少研究者的注意,也作为王予可的代表作而被欣赏评论。词作描写了一位歌女唱歌的情形。开首两句交代了歌女唱歌时的时间和自然状况,时间是晚上,刮着惬意的凉风。"好风来千里"一句意境开阔。在水边宫殿里有一位歌女,她映着美好的夜色,唱起了美妙的歌,歌女牙齿洁白,歌声悠扬。词的下片描写了歌声的感染力。在文学作品上,形容歌声具有感染力的,当数《列子·汤问》里的典故:"昔韩娥东之齐,匮粮,过雍门,鬻歌假食,既去,而余音绕梁欚,三日不绝。"王予可在描写歌女歌声的感染力上,也堪称一绝。"前声金罍中,后声银河底",歌女的前一句歌声还停留在杯盏交错中,但后一声却直上银河,传到了天上,说明歌女歌声的感染力极强。"一夜岭头云,绕遍楼头水",歌声像岭头的云一样,笼罩在宫殿旁,歌声不绝如缕,绕遍了整个宫殿。王予可词语言平淡,但意境辽阔、深远,具有较强的艺术感染力。

辽
金
元
词

·055·

问世间情为何物，直叫生死相许

——元好问《摸鱼儿》

我们看《红楼梦》中的"黛玉葬花"一节，我们为林黛玉的痴情、纯情所感动。林黛玉看见落花，产生了怜香惜玉之情，她把花细心地搜集起来，小心地埋掉，创造了经典的惜花爱花的故事。更为怜香惜玉的则是贾宝玉，他既怜惜春末飘零的花，又怜惜为花而哭、像花一样美的林黛玉。这两个痴情人碰在一起，将痴情、纯情、爱情、多情有机交织在一起，创造出了典型的艺术形象。曹雪芹的创造是成功的，但这毕竟是文学艺术层面的，在现实中，早在曹雪芹之前，就有像曹先生创造的主人公一样的痴情汉子，不同的是，他怜惜的不是花，而是一只孤雁、一对情侣。这位痴情汉子就是跨越金、元两代的大文学家元好问。

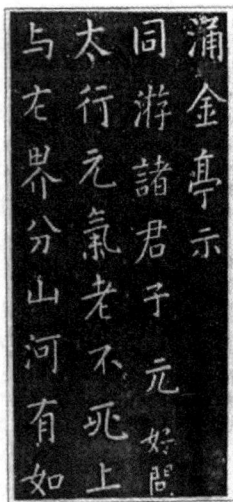

元好问书法

辽金元词

元好问（1190—1257），字裕之，号遗山。元好问出生在金国，但其祖上却是完全汉化的鲜卑族后裔。据《北魏·魏纪》载，南北朝时，鲜卑族建立北魏国（为了和三国时期曹操建立的魏国政权相区别，习惯上叫鲜卑族建立的为"北魏"或"后魏"），元好问祖上乃是北魏皇族拓跋氏。北魏灭亡后，一部分元氏子孙流落于河南汝州（今河南临汝），元好问自称唐代诗人元结为其元祖。五代以后，元好问直系祖先又从河南汝州迁到山西平定。他的高祖元谊，北宋宣和年间曾任沂州（属陕西省）神武军使；曾祖元春，做过北宋的隰州（今山西隰县）团练使。两代都是有一定身份的武职官员。在元谊任职忻州时，元春移家到忻州，从此便世代居于此地，成为

元好问像

忻州人了。元好问曾在《乡郡杂诗五首》题下自注云:"余家自五代以后,自汝州迁平定。宋末,又自平定迁忻。"元好问少有才气,七岁能作诗,当时太原王汤臣称其为神童。稍大,博览群书,与很多名士交游,名气很大。他在《古意》中说:"二十学业成,随计入咸阳。秦中多贵游,几与书生亲。"元好问与很多文人交游,很多文人都和他诗歌赠答,大大提高了元好问的知名度。

金末名士杨云翼对元好问的才华极为欣赏。杨云翼,字子美,平定乐平人,明昌间进士。泰和元年召为太学博士,迁太常寺丞,兼翰林修撰。兴定元年,迁为翰林侍讲学士,兼修国史,知集贤院事。正大元年摄太长青。在南渡后二十多年中,杨云翼与赵秉文共执文柄,时号"杨赵"。杨云翼在《李平甫为裕之画系舟山图闲闲公有诗某亦继作》中,肯定了元好问的才华,对元好问进行鼓励,希望他能担负起传统儒家的重任。赵秉文也在其诗作《游华山寄元裕之》中对元好问寄予盛情和厚望,"君且为我挽回六龙辔,我亦为君倒却黄河流"。对于元好问的诗名,郝经在《遗山先生墓铭》中大为称赞:

> 金源有国,士务决科干禄,置诗文不为,其或为之,则群聚讪笑,大以为异。委坠废绝百有余年,而先生出焉,当德陵之末,独以诗鸣。

金代科举沿袭辽、宋,以词赋为重,士子有读诗、作诗者,遭人讥笑,这种风气直到贞祐南渡后才有所转变。刘祁《归潜志》(卷八)对金朝取士的情况有较为翔实的记载:

> 金朝取士,止以词赋为重,故士人往往不暇读书为他文。尝闻先进故老见子弟辈读苏、黄诗,辄怒斥,故学子止工于律赋,问之他文则懵然不知。间有登第后始读书为文者,诸名士是也。南渡以来,士人多为古学,以著文作诗相高。然旧日专为科举之学者疾之为仇雠,若分为两途,互相诋讥。其作文者目举子为科举之学,为科举之学者指文士为任子弟,笑其不工科举。

金朝不重诗歌到了非常严重并且成为一种社会风气的地步。元好问以诗歌闻名,他自己也说"以诗为专门之业",但他的词也写得很好,流传下来的词有三百八十多首。

元好问出生才七个月就过继给他的叔父元格,他十四岁那年,拜陵川郝天

挺为师,开始了长达六年的学习生活。在郝天挺的认真指导下,元好问进步很快。在他十六岁那年,还参加过一次科举考试,虽然这次考试没有考中,但他却留下了一首较为痴情的词——《摸鱼儿》。

> 问世间,情是何物? 直叫生死相许。天南地北双飞客,老翅几回寒暑。欢乐趣,离别苦,就中更有痴儿女。君应有语。渺万里层云,千山暮雪,双影向谁去。
>
> 横汾路,寂寞当年箫鼓,荒烟依旧平楚。招魂楚些何嗟及,山鬼暗啼风雨。天也妒,未信与,莺儿燕子俱黄土。千秋万古,为留待骚人,狂歌痛饮,来访雁邱处。

"问世间,情是何物? 直叫生死相许",成了人们描述爱情的千古名句。元好问在这首词的序言里交代了写作的缘由:

> 泰和五年乙丑岁,赴试并州,道逢捕雁者,云:"今日获一雁,杀之矣。其脱网者悲鸣不能去。竟自投于地而死。"余因买得之,葬之汾水之上,累石为识,号曰"雁邱",并作"雁邱"词。

《永乐大典》引《太原志》也记述了这件事情:

> 三郊雁邱,在阳曲县。元遗山与李敬斋同行于阳曲道中,见捕雁者云:向见二雁,捕得其一,其一脱飞空中,盘旋哀鸣不已,良久投地亦死。遗山囊金购之,瘗于汾水边,名曰雁邱。今失所在。

两只痴情的大雁感动了这位血气方刚、青春年少的痴情少年,他将双雁购回葬在一起,又为其作词留念,其情可叹可爱,也将元好问的悲悯情怀展露无遗。

元好问对于大雁都有这样的悲悯情怀,对于像大雁命运般的情侣更是如此。也是在他十五六岁时,他听说大名有个民家的女儿,因为爱情受到了阻挠,就和爱人一起投水自尽了。官府搜查了多时,没有发现尸体。后来,有人采摘莲藕,在水里发现了两具尸体,就是为情而自杀的这对情侣。更为奇怪的是,这一年,荷塘中所开的荷花全是并蒂的,一时传开去,人们都为之感慨。元好问听说了这件事情,也引发了他的悲悯和痴情。于是,他又作了一首词,也以《摸鱼儿》为词牌,用以纪念这件事情。

> 问莲根,有丝多少,莲心知为谁苦?双花脉脉娇相向,只是旧家儿女。天已许,甚不教,白头生死鸳鸯浦。夕阳无语,算谢客烟中,湘妃江上,未是断肠处。
>
> 香奁梦,好在灵芝瑞露。中间俯仰今古,海枯石烂情缘在,幽恨不埋黄土。相思树,流年度,无端又被西风误。兰舟少住,怕载酒重来,红衣半落,狼藉卧风雨。

元好问的好友李冶看了他的词后,也大为感慨。也写了两首词来和元词:

> 雁双飞,正分汾水,回头生死殊路。天长地久相思债,何似眼前俱去。催尽羽,倘万一幽冥,却有重逢处。诗翁感遇,把江北江南,风嘹月唤,并付一邱土。
>
> 仍为汝,小草幽兰丽句,声声字字酸楚。拍江秋影今何在,宰木欲迷堤树。霜魂苦,算犹胜,王嫱青冢真娘墓。凭谁说与,对鸟道长空,龙艘古渡,马耳泪如雨。

又:

> 为多情,和天也老,不应情遽如初。请君试听双蕖怨,方见此情真处。谁点注,香潋滟,银塘对抹胭脂露。藕丝几缕,绊玉骨春心,金沙晓泪,漠漠瑞红吐。
>
> 连理枝,一样骊山怀古,古今朝暮云雨。六郎夫妇三生梦,幽恨从来艰阻。须念取,共翡翠鸳鸯,照影长相聚。秋风不住,怅寂寞芳魂,轻烟北渚,凉月又南浦。

李冶对元好问的才学是非常推崇的,他在《遗山先生文集序》中说:"向使遗山不死,则登銮坡,掌纶诰,称内相久矣,奈何遇千载而心违,际昌辰而身往,此非君遗恨也耶?"元好问以诗歌闻名,他的词作也受到后人的重视,只是词作多感慨抒情之作。正如清代华长卿所论:"遗山诗派踞金源,中调尤多感慨存。更有嗣音天籁集,令人一读一销魂。"

只除苏小不风流

——元好问《虞美人》

在诗词文学作品中，一直流传着一位美人苏小小的动人故事。元代陶宗仪在《辍耕录》中感慨地说："苏小小，见诸古今吟咏者多矣。而世有图写以玩之，一何动人也如此哉!"传说苏小小在历史上有两个，一个是南齐人，一个是宋人。尽管有人画苏小小的肖像以玩味，但并没有人真正见过苏小小，只有关于苏小小的一些美谈。

《春渚纪闻》记载了一则有关宋代苏小小的故事。传说司马才仲还未入仕时，有一天他白天睡觉，梦见一位绝代美女。只听她嘴里唱着一首优美的歌："妾本钱塘江上住，花开花落，不管流年度。燕子衔将春色去，纱窗几阵黄梅雨。"司马才仲非常喜爱她唱的歌词，就问道："这是什么歌曲?"她回答说是"黄金缕"，还对司马才仲说，后天要与他在钱塘江上相见。后来司马才仲被苏轼推荐中举，作了钱塘县的幕僚，奇怪的是，在司马才仲官邸的后堂，竟然发现了苏小小的墓地。这个故事一时传为美谈，秦观在钱塘做官时，听说这件事，也写了一首诗以咏之："斜插犀梳云半吐，檀板轻敲，唱彻黄金缕。梦断彩云无觅处，夜凉月明生春浦。"后来又传说司马才仲因病去世了，就在他去世之时，有人看见他坐在钱塘江的一艘雕花精美的船上，有一个美女和他相伴，突然船尾着火了，看见的人赶忙找人来救火，等到救火人到时，船已不见了。而恰在这是，司马才仲家里传出了哀哭声，他就在这时去世了。

明代郎瑛《七修类稿》中对苏小小有详细的考证："苏小小有二人，皆钱塘名娼。一南齐人，郭茂倩所编《乐府题解》下已注明矣。……一是宋人，乃见于《武林纪事》。"书中说宋人苏小小"容色俊丽，颇工诗词"。苏小小还有一个姐姐叫盼奴，与太学生赵不敏关系甚为密切。赵不敏穷困潦倒，盼奴常常接济他，让他好好考取功名。后来赵不敏官中襄阳府司户，但因盼奴为娼妓，不能与赵不敏一起赴任。赵不敏为官三年，无日不思盼奴，竟然得了相思病而死去。赵不敏

临死前嘱咐他的弟弟赵院判，将他的遗产分作两半，一半给弟弟，一半给盼奴。有人对赵不敏的弟弟说，盼奴还有一个妹妹叫苏小小，俊秀善吟，可以找人撮合一下，如能成，真是郎才女貌。等到赵院判赶到钱塘寻找盼奴时，听说她已经去世了。赵院判托人找到苏小小，将赵不敏的遗产和书信交给她。办差之人见了苏小小，问道："盼奴是怎么死的？"苏小小说："因为想念赵不敏而死。"差役于是将赵院判的信给了苏小小，只见信上写了一首诗："昔时名妓镇东吴，不恋黄金只好书。借问钱塘苏小小，风流远似大苏无？"苏小小看信后默默不言，差役让她和赵诗，苏小小推辞说不能和。差役就威胁她说，如果不和，那就要替她姐姐盼奴偿还债务。没办法，苏小小也和诗一首曰："君住襄江妾住吴，无情人寄有情书。当年若也来相访，还有于潜绢事无？"差役因是赵院判亲戚，所以很高兴，极力要促成他俩的好事，让他们白头到老。元好问也写了一首词《虞美人》歌颂苏小小的美仪。

> 槐荫别院宜清昼，入坐春风秀。美人图子阿谁留，都是宣和名笔
> 内家收。
> 莺莺燕燕分飞后，粉淡梨花瘦。只除苏小不风流，斜插一枝萱草
> 凤钗头。

清陈廷焯在《白雨斋词话》中评价元好问的词说："金词于彦高外，不得不推遗山。遗山词刻意争奇好胜，亦有可观。然纵横超逸，既不能为苏、辛；骚雅、清虚，复不能为姜、史。于此道可称别调，非正声也。"他又在《词坛丛话》中说："元遗山词，为金人之冠。疏中有密，极风骚之趣，穷高迈之致，自不在玉田下。"《七修类稿》还判断元好问所写的苏小小是宋朝的苏小小：

> 此词既说莺莺燕燕之后，此概是赵司户小小也。今人只知苏小
> 小，不知是何时人。

元好问是当时的名人，他的歌咏使苏小小的传说更为广布。元张之翰《西严集》中对元好问的名人效应做了记载：

> 昔林邑王与越王有怨，遣侠客刺之，垂其首于木上，化为椰子。林

邑愤,剖作饮器。当刺时,越王大醉,故其浆如酒,俗称越王头。饮其浆,器其壳,盖始于此。自梅圣俞有饮器之句,张于湖有酒樶之咏,元遗山有椰飘之语,近相士大夫,多相效用,尤贵其小者。

此段文字记载了南方人以椰子壳作饮器的一个传说,以椰子作饮器经过元好问的歌咏之后,引起了很多士大夫的效仿,并且以小椰子壳为贵。元好问在《饮酒》中有"椰飘朝倾荔枝绿,螺杯暮卷珍珠红"两句,其中的"椰飘""螺杯"都是饮器。

辽金元词

熏香手，融霞晕雪，来占百花前

——元好问《满庭芳》

金代，在山西沂州有一座山叫系舟山。此山得名于大禹治水。相传大禹治水时，曾将舟系在此山脚下，因此叫系舟山。但金代系舟山闻名不是因为大禹治水的传说，而是因为当时的大文学家元好问曾在此山下读书。系舟山下有一小山叫读书山，相传就是元好问读书的地方。金代元好问的好友李平甫专门画了一幅《系舟山图》，用来记载元好问在此读书的事迹。当时的文坛领袖赵秉文写了《系舟山图》诗歌称赞元好问："山头佛屋五三间，山势相连石岭关。名字不经从我改，便称元子读书山。"另一文坛领袖杨云翼也写了一首《李平甫为裕之画系舟山图闲闲公有诗某亦继作》诗，记载此事。因大禹而得名系舟山是一个传说，因元好问而得名读书山则是真实的故事。

元好问在金、元时期名气很大，当时有很多人向他学习作诗。元王恽《黄石祠公杂诗》中记载了元好问对他的教诲，其实也是元好问对诗文在历史中作用的见解：

> 千金之贵，莫过于卿相，卿相者，一时之权。文章千古事业，如日星昭回，经纬天度，不可少易。顾此握管铦锋虽微，其重也，可使纤尘埃化而泰山，其轻也，可使泰山散而为微尘，其柄用有如此者。况老成渐远，斯文将在后来，汝等其勖哉毋替。

王恽说，当时在座的有一些人听了元好问的这些话后，感觉很惭愧，"坐客四悚，有惘然自失，不觉叹而发愧者"。元好问对文学的见解不但令时人钦佩，传说有一只猛虎也受过他的教诲。相传元好问逃避金末兵乱，来到一个偏僻的古庙里住了下来。半夜里突然有个声音从屋梁上发出来，问元好问说："先生博闻强识，我经常听人说起，那么我现在有些问题，你能给我回答吗？"元好问对说："我

才疏学浅，但经史也常涉及，请你发问吧。"于是梁上的声音就询问了《易》《诗》《春秋》《书》《四书》及汉唐史之间的异同，元好问的见解很独到，都是前世所没有讲过的新鲜观点。听了之后，梁上又传出声音说："先生真是大才也，可惜生不逢时啊。"诸如此类的问题问答了一阵以后，梁上的声音又说："你现在饿不饿？"元好问说："饿啊，可是又有什么办法呢？这里是古庙。"梁上的声音就说："我现在就给你弄些吃的，并且我要用被子给你夹着送进来，你不要怀疑而不吃。"元好问说："我虽然不认识你，不知你是神是鬼，但经过了一番问答，我一定不怀疑，我会吃的。"梁上的声音说："那么请你到户外稍微等一会，我就给你把食物送进来。"元好问吃完饭就准备睡觉了。梁上的声音又说："现在兵荒马乱，先生先不要走，不如住几天再走。"元好问住了几天，梁上又传来声音说："先生明天可以离开了，但是你向某个方向去比较安全。"元好问非常感激："咱们现在像朋友一样，明天我就要走了，能不能告诉我你姓甚名谁，以后好报答你。"梁上的声音说："我不是人，只因见到你遭难，所以来护卫。如果你一定要见我，一定先让我护送你一段路程，再找一个有墙壁或窗户的地方，晚上相见，然后我们就此别过。"终于找到了这样一个破屋，半夜时分，元好问听见声音近了，就透过窗户向外望去，只见一只硕大的老虎，身上的斑纹依稀可见。这只虎拜了几拜就离开了。

这种神异之事在元好问的词作里也有一定的反映。元好问在其词《满庭芳》序中记载，有一个僧人叫李菩萨，时人都以为他癫狂，只有遇仙楼酒家杨广道、赵瑞君接济他，让他在酒楼住宿。李菩萨每夜都等客人散尽了，然后进来，见桌上的剩菜就吃一些，吃饱了就睡在地上。有一日天寒，杨广道不忍心看他睡在地上，就来呼唤他到床上睡觉。李菩萨很感激，但愁不知怎么报答。这天早晨，酒店里的客人听见嘈杂的洒扫声，不一会李菩萨进来说："增明亭的花开了，大家赶快过去看啊！"人们素以为他疯癫，没人相信他的话。过了一会，大家出去一看，庭院中的牡丹果然开了两朵。从此以后，李菩萨再也没有来过遇仙楼。但是，由于冬日开花较为奇怪，很多人都来看热闹，一时酒楼水泄不通，酒店的生意红火的不得了。这是正大四年十月的事情。元好问亲身经历了这次神异故事，写了七首《满庭芳》以纪之，其一曰：

妆镜韶华，牙签名品，惯看培养经年。何年曾见，槁叶散芳妍。知是毗耶坐客，三生梦、犹有情缘。熏香手，融霞晕雪，来占百花前。

辽金元词

嫣然。谁为笑，珠围翠绕，且共流连。待诗中偷写，画里真传。绣帽拥霜凝紫塞，琼肌莹、春满温泉。新声在，梁园异事，并记玉堂仙。

元好问尽管以诗著名，但其流传下来的词也具有较高的文学价值，其词为金代词坛之冠。他的词深受历代评论家的赞赏。刘熙载《艺概》评说："以词而论，疏中之快，自饶深趣，亦可谓集两宋之大成矣！"徐世隆《遗山文集》序中说："乐府则深雄顿挫，闲婉浏亮，体制最备，又能用俗为雅，变故作新，得前辈不传之妙，东坡、稼轩而下不论也。"况周颐《蕙风词话》中说："元遗山以丝竹中年，遭遇国变，崔立采望，勒授要职，非其意指。卒以抗节不仕，憔悴南冠二十余稔。神州陆沉之痛，铜驼荆棘之伤，往往寄托词，《鹧鸪天》三十七阕，泰半晚年手笔。其《赋隆得故宫》及《宫体八首》《薄命妾辞》诸作，蕃艳其外，醇至其内，极往复低徊、掩抑零乱之致。而其苦衷之万不得已，大都流露于不自知，此等词，宋名家如辛稼轩固尝有之，而犹不能若是其多也。"接着况周颐又对元好问词的文学价值评价说："遗山之词，亦浑雅，亦博大。有骨干，有气象。以比坡公，得其厚矣，而雄不逮焉者，豪而后能雄，遗山所处不能豪，尤不忍豪……其词缠绵而婉曲，若有难言之隐，而又不得已于言，可以悲其志而原其心矣。"元好问继承和发扬了两宋词的优秀传统，在词中写景状物、抒情言志，多方面反映了当时的社会生活，在金末元初词的研究上，具有较高的价值。

辽金元词

故事中的金代词

金代道教词

　　金元时期,全真教发展兴盛起来。全真教中,王重阳和全真七子著述很多,在形式上也很丰富,有诗、词、曲、赋等形式。从文学角度看,道教词的文学价值更大一些。这些道教词长期以来并没有引起太多人的关注,在文学史、诗歌史、词史上都没有它们的地位。全真道教词除了传教作用之外,还突破了传统道教词的虚妄、怪诞之风,也突破了文人词过于雅正的特色,而更多带有大众化色彩,在从词到曲的演变过程中,也发挥了一定的作用。

学会用词做广告的道士

——王重阳宣传自我的"广告词"

王重阳(1112—1170),原名中孚,字允卿,金京兆府终南(今陕西终南县)人,后改名世雄,字德威。他创立了全真教,入道后又改名王喆。王重阳出生于一个家业丰厚的地主家庭,从小读书,修进士业,为京兆府学生员。王重阳善作诗词,又会武功,但生不逢时,其青年时期,正值宋、金交战之时,未中仕途。金国完颜璹《终南山神仙重阳真人全真教祖碑》载:

> 弱冠修进士举业,籍京兆府学,又善武略。

又金国刘祖谦《终南山重阳祖师仙迹记》:

> 少读书,系学籍,又隶名武选。

元李道谦撰《七真年谱》载:

> 弱冠修进士第,系京兆学籍。

由上述记载可见,王重阳少受儒家文化教育,有较高的文化修养。

天眷初(1138—1140),王重阳惨遭家财被盗的劫难,加之社会动乱,也就心灰意懒,无意于功名,遂产生皈依宗教的思想。他自称正隆四年(1159)在甘河镇酒肆中遇异人给他传授真诀,遂得道修行。甘河遇到神仙以后,王重阳就假托疯病,弃家躲入终南山南时村修炼。他挖了一条隧道,在隧道口四周栽种海棠,居住在穴道中修炼,名为"活死人墓",对外则装疯卖傻,自号"王害风"。王重阳修炼三年后,自填其穴,迁居终南刘蒋村北,结庵修炼。一直到大定七年(1167),他只招来史处厚、严处常等为数不多的几个徒弟,没有产

生太大影响。

王重阳的东行传道,与金国的道教政策密切相关,金国对道教有较为宽松的政策。大定七年,金国召见大道教祖刘德仁,赐"东岳先生",表示对民间新兴道教的鼓励和提倡。刚好王重阳此时的宗教影响不大,于是决定出关东行开始创教传教。王重阳到达山东后,在宁海一带活动,很快得到了信徒的信任,收了七大弟子,后称"全真七子"。大定七年,王重阳开始传教,大定十年在从山东返回陕西的路上去世,享年58岁。

王重阳创立的全真教和以往的道教不同,可以称为信道教。王重阳对道教进行了改革,实行三教合一的思想,因而得到更多层面人的认同。全真教名称的由来,据元刘天素、谢西蟾所著《金莲正宗仙源像传》载,金世宗大定七年七月,王重阳抵达宁海,会见了马钰,因"问答契合",乃筑室于马氏之南园,题名叫"全真",后世遂以"全真"称呼。

作为创教人,在创教之始,全真教并不为太多人重视,因而宣传就显得尤为重要。王重阳开创了用词做广告的先河,他在词中宣传自己、宣传教义,通过词曲传唱,加强影响。他的"广告词"可分为两个方面的内容:一是加强对自我的宣传;二是加强对全真道教的宣传。如王重阳的《红芍药》:

> 这王喆知明,见菊花坚操。便将重阳子为号。正好相依靠。每常却要,缀作诗词,笔无停、自然来到。心香起、印出仙经,便实通颠倒。便实通颠倒。
>
> 早得得良因,速推推深奥。玄玄妙妙任穷考。又更餐芝草。白气致使,上下盈盈,金丹结、炼成珍宝。恁时节、永处长生,住十洲三岛。住十洲三岛。

王重阳的这首词是一首很好的广告词,上片给自己做广告,下片给他的宗教做广告。在上片中,交代了自己的名字和"号",并交代了自己"号"的缘由是"见菊花坚操"。重阳节是中国的传统节日,这天的习俗是喝菊花茶,因王喆看见了菊花,联系重阳节的情形,故自号"重阳子"。在上片中,他还说出了自己的爱好,爱"作诗词",笔耕不辍。下片交代了自己作为道人所做的事情,及自己修炼的好处是"住十洲三岛"。这首"广告词"通俗易懂,对他起了很好的宣传作用。将自己的名字写入词中,这在词史上是不多见的,在全真教道人的词作中,为了加

强宣传和影响,倒时常见到。

只写一首"广告词",达不到较好的宣传效果,影响也不是很大,因此,王重阳写了很多"广告词",不断加强宣传和影响。如《沁园春》:

王喆惟名,自称知明,端正不羁。更复呼佳号重阳子,做真清真净,相从相随。每锐仙经,长烧心炷,水火功夫依次为。堪归一处,阒然雅致,有得无遗。

偏宜用坎迎离。聚珍宝成丹转最奇。结玉花琼蕊,光莹透顶,碧虚空外,捧出灵芝。定作云朋,决成霞友,自在逍遥诗与词。盈盈处,引青鸾彩凤,谨礼吾师。

又如《恨欢迟》:

名喆排三本姓王。字知明子号重阳。似菊花如要清香。吐缓缓,等浓霜。

学易年高便道装。遇渊明语我嘉祥。指蓬莱云路如归去,慢慢地休忙。

又如《望蓬莱》:

重阳子,物物不追求。云水闲游真得得,茅庵烧了事休休。别有好归头。

存基址,决有后人修。便做玲珑真决烈,怎生学得我风流。先已赴瀛洲。

王重阳在这首词的序言中说,"烧了庵作,果有二弟子自宁海来,复修盖住",说明他的广告起了作用,影响也越来越大。他在山东传教期间收了马钰、谭处端、刘处玄、丘处机、王处一、郝大通、孙不二七个弟子,后人称为"全真七子"。为了加强宣传,除了用词做宣传外,他还组织弟子组建了五会:以宁海为基地建立了三教莲会,在文登建立了三教七宝会,在蓬莱建立了三教玉华会,在当时的掖县建立了三教平等会,在福山建立了三教三元会。

入道门，而今非妇亦非夫

——马钰《炼丹砂》

马钰（1123—1183），初名从义，字宜甫，从师王重阳，训名钰，字玄宝，号丹阳子。原为陕西扶风人，五代因兵乱，迁往宁海（原山东省牟平县，现已撤销），享年60岁。

马钰兄弟五人，分别以礼、义、仁、智、信命名，时号"五常马氏"，马钰排行第二。马钰出生时，他的母亲梦见麻姑（当地传说中的仙姑）赐给她一粒仙丹，吃后马钰就出生了。马钰小的时候，说话就和别人不一样，常口颂道家言语，轻财好施，名气很大。当时有一个道士李无梦在昆仑山炼丹，炼了三年都没有炼成仙丹，李无梦自称只有遇见神仙才能炼成仙丹。有一天马钰和朋友游玩时碰见了李无梦，李无梦非常奇怪，赞叹说："马钰额有三山，手垂过膝，真大仙之材。"又作了一首诗赞曰：

> 身体堂堂，面圆耳长。眉修目俊，准直口方。相好具足，顶有神光。宜甫受记，同步莲庄。

李无梦碰见了马钰，时间不长，仙丹就炼成了。到了婚嫁的年龄，孙忠显把自己的姑娘孙不二嫁给了他。马钰有三个孩子，分别为：庭珍、庭瑞、庭珪。大定七年，马钰45岁，有一次他和朋友在怡老亭聚会，喝酒喝醉了，赋了一首诗：

> 抱元守一是工夫，懒汉如今一也无。
>
> 终日衔杯畅神思，醉中却有那人扶。

当时人们都看不懂他的诗意。又过了一段时间，马钰又和朋友在怡老亭相会，有一个道人戴着竹斗笠，穿着布袍，来到了怡老亭。马钰就问："你这么老远来干什么呢?"这个道人回答:"我来寻找知己。"马钰就给他一个瓜吃,这个道人拿着瓜,先从瓜蒂开始吃。马钰感觉很奇怪,就问道人为什么先吃瓜蒂。道人说:"甘向苦中来。"马钰又问:"你从什么地方来啊?"道人说:"路远千里,特来扶醉人。"马钰更奇怪了,心中想:"我前几天写的诗歌里有'醉中人扶'之句,他怎么知道呢?"马钰就问道人:"什么是道?"道人答:"五行不到处,父母未生时。"这个道人就是马钰的老师王重阳,全真教的创始人。经过王重阳的启悟,马钰入道了,写了一封休书,离家修行。离家后,夫妻分离,马钰写了首《行香子》专门记叙了夫妻分离时的心境及洒脱:

你是何人?我是何人?与伊家原本无亲。都缘媒约,遂结婚姻。

便落痴崖,贪财产,只愁贫。

你也迷尘,我也迷尘。管家缘火里烧身。牵伊情意,役我心神。

幸遇风仙,分头去,各修真。

马钰受王重阳教诲,抛弃家业,上街乞讨。他对于乞讨生活,写了很多词,表达了心中的坦然、安适之情。

大定九年(1169),马钰的妻子孙不二也出家入道。孙不二原名孙富春,入道后法号不二,号清净散人。孙不二入道后,马钰写了首《望蓬莱》赠给了她,教她入道修行应该注意的问题:

一则降心灭意。二当绝虑忘机。三须戒说是和非。四莫尘情暂起。

五便完全神气。六持无作无为。七教功行两无亏。八得超凡出世。

这首词估计是孙不二刚入道时,马钰对他的鼓励。为了加强对孙不二的引导,马钰又写了首《捣练子》:

休执拗,莫痴顽。休迷假相莫悭贪。休起愁,莫害惭。

听予劝,访长安。逍遥坦荡得真欢。守清净,结大丹。

为了使孙不二放下尘念,认真修炼。马钰还告诉她,自己已经和她不再是夫妻了,不要再以夫妻的感情左右自己了,而是应该抛却这份情感,全身心地投入到

修炼。写给孙不二的这首词叫《炼丹砂》：

> 奉报富春姑。休要随余。而今非妇亦非夫。各自修完真面目，脱
> 免三塗。
> 炼气莫教粗。上下宽舒。绵绵似有却如无。个里灵童调引动，得
> 赴仙都。

经过马钰的鼓励，孙不二修炼得很好，很快得道，是"全真七子"之一。为了表达修炼的决心，要脱离尘世，她写了首《卜算子·辞世》，表达了自己修炼的心得：

> 握固披衣候。水火频交媾。万道霞光海底生，一撞三关透。
> 仙乐频频奏。常饮醍醐酒。妙药都来顷刻间，九转金丹就。

这首词也是孙不二对马钰教导的回应，她认为马钰的教导有"醍醐灌顶"之感。她还写了首词劝人修行，并且把"全真七子"都融合进词中，为世人立榜样：

> 劝人悟。修行脱免三涂苦。明放着跳出门户，谭马丘刘，孙王郝
> 太古。法海慈航，寰中普度。

大定十年（1170），王重阳逝世后，马钰成为全真教第二任掌教。元世祖至元六年（1269）赠为"丹阳抱一无为真人"。在王重阳的诸弟子中，马钰的悟道最深也最快，他的师弟丘处机在比较两人悟道的异同之时说道："我与丹阳悟道有浅深，是以得道有迟速。丹阳便悟死，故得道速。我悟万有皆虚幻，所以得道迟。悟死者，当下以死自处，谓如强梁。人既至于死，又岂复有强梁哉。悟虚幻，则未至于死，犹有经营为作，是差迟也。"

　　大定十五年（1178），马钰的母亲去世了，他的弟弟运甫通知他一起安葬母亲，马钰说："汝所葬者骨，予所度者神。所行之迹有以异，而报德之心无以异也。"于是作了首《炼丹砂》词来回答他的弟弟，可惜这首词已经失传。

梦人告状十万丧生，刘清猪圈原有此情

——马钰《战掉丑奴儿》

马钰得到王重阳启悟，下决心向王重阳学道。王重阳让门人传话说："如今相见，以后不相见。要以后相见，今不相见。"马钰选择"以后相见"，于是在县城北的苏氏庵居住下来。从马钰八月在庵中住下来，一直到十月，王重阳才与他相见。并要求他烧誓状以表学道之决心，并赠送马钰一首诗曰：

> 掷下金钩恰一年，方吞香饵任纶牵。
> 玉京山上为鹏化，随我扶摇入洞天。

次年五月五日，马钰令其妻子烧誓状，决定入道。并写了一首词《满庭芳》来表达他入道的决心：

> 专烧誓状，谨发盟言。遵依国法为先。但见男儿女子，父母如然。永除气财酒色，弃荣华、戒断腥膻。常清静，更谦和恭谨，无党无偏。
>
> 布素娄沉度日，饥寒后，须凭展手街前。不得贪财诳语，诈做高贤。常怀慎终如始，遇危难、转要心坚。如退道，愿分身万段，永镇黄泉。

这首词既是表决心，也是马钰发的誓言。但王重阳并没有收下他的这首词。又过了很长时间，王重阳才和马钰相见。有一次，王重阳让马钰在宁海化缘，马钰不愿意在自己家乡乞讨，说愿意到他乡化缘。王重阳勃然大怒，打骂了马钰一整夜。

马钰在入道前，已经接受了道家的思想。有一次他梦见穿着褐色衣服的两个人，其中一个人肩膀上补着白色补丁，二人哭着对他说："我辈十万多人的性命,要靠您来做主搭救了。"说完话,二人就转身走了。马钰觉得奇怪,赶忙追赶这二人,不想追到了邻居刘清的猪圈中。刘清的猪圈上写有一行字:

> 我辈己亥十万人,大半已经辛巳杀。
> 此门若是不慈悲,后世轴头掌厮杀。

等马钰梦中醒来后,听见杀猪的声音。赶忙起身察看,原来是刘清的儿子捆住了两头猪,已经杀了一头,被杀的这头猪肩膀上果然有块白点。这时马钰忽然醒悟:"己亥,是指猪;辛巳,是刘清的岁属。"马钰觉得这个梦不吉祥,就找道士孙子元占卜自己的寿命。孙子元说:"你最多能活49岁。"马钰感慨道:"性命真的不由己吗?我要向有道之士学习长生之术。"马钰把这个梦给刘清也说了,并劝说他改行,不要再杀生了。刘清立刻把杀猪的用具废掉,改行了。

马钰入道后,不杀生不吃肉,更不忍听杀猪之声。有一次他在紫极宫加持,突然听见了杀猪的声音,顿觉悲悯,作了一首词《战掉丑奴儿》:

> 莱州道众修黄箓,各各虔诚。无不专精。邀我加持默念经。救亡灵。
> 奈何邻舍屠魁剑,不顾前程。宰杀为生。猪痛哀鸣不忍听。最伤情。

马钰词和王重阳词一样,用词来传道。他有很多赠人词,劝人好好学道修行;有很多自勉词,通过自勉,鼓励世人修学;有很多继韵词,主要和王重阳的词。这些词对于宣传全真教义及教人如何修行,起了很重要的作用。

辽金元词

龟蛇保平安

——谭处端《长相思》

谭处端（1123—1185），字通正，初名玉，字伯玉，号长真子，宁海人，著有《水云集》。

谭处端幼年时，有两件神异的事件，一时传为佳话。有一次，他不慎坠入井中，其家人赶忙找人救援，救援的人往井中一看，发现他一点事都没有，竟然安坐在水面上。还有一次，他居住的卧室失火了，房上的一根巨梁掉了下来，砸在了他的床前，他正在睡觉，没有发觉，等别人从屋外把他喊起来，竟然没有一点损伤。人们都以为他有神灵相助。

谭处端少时聪明，十岁学诗，记忆力超强。有一次，他指着他亲自栽种的葡萄，为葡萄架随口赋了一首诗，其中两句为："一朝行上青龙架，见者人人仰面看。"众人都认为是他早就酝酿好的，对于别人的怀疑，他没有争辩。他长大后，风流倜傥，但为人至孝，名声很好。

谭处端入道前爱喝酒，有一次喝醉了，得了风痹之病，治了很久都没有治好。他听说家乡来了一位真人叫王重阳，于是就到王重阳处求医。起初王重阳闭门不见，他就站在门外等，不知不觉已经深夜了，王重阳突然开门把他请了进去。王重阳让他坐在自己的床上与他聊天，不知不觉天已大亮。谭处端站起来，发觉病已经痊愈了，于是深信王重阳的神奇，决定跟随王重阳学道。王重阳觉得他有慧根，就收他为徒，他就弃家修行，进步很快。一天，他在路上遇见一个醉汉，迎面朝他脸上打了一记重拳，把他的门牙打掉了两颗。谭处端没有计较，脸色安详，没有丝毫怨恨之意，吐掉牙齿，唱着歌离开了。路人都很气愤，说要把这个醉汉送官，谭处端说不用送了，只不过是一个醉汉而已，人们都钦羡他的大度。

有一天，谭处端正在赶路，忽然一个农夫将其拦住，说要报答他。别人问农夫缘由，农夫说他得了病，很长时间都没有治愈，昨晚梦见一个道人给他了一些

红色的药吃了,早上醒来之后,发现自己已经痊愈了。昨晚梦见的道人长相,和谭处端一模一样,所以要感谢这位道人。谭处端不接受他的答谢,扬长而去。人们更加相信他的法力之大了。

谭处端除了擅长诗词外,最爱写的"书法"就是"龟蛇"二字。平时空闲时,他都要书写"龟蛇"。有人向他求索平安符,他都给别人书写"龟蛇"二字。起初人们并没有觉得这二字有什么特别的,又不像是其他的道符,"龟蛇"有什么奇特的呢,所以人们也没有太在意他的这两个字,碍于他的名气,人们就把这二字放在家里。高唐县一个茶店里有一个叫吴六的人,对谭处端侍奉特别殷勤,谭处端就送给了他"龟蛇"二字。吴六不知道谭处端的意思,心想送给我这两个字干什么呢?过了一段时间,茶店的邻居失火了,相邻的很多人家都遭殃了,唯有茶店安然无恙。于是人们才知道他这二字的神妙之处,一时传开去,很多人都拿谭处端书写的"龟蛇"当作避火符贴在自己家里,以求平安。

谭处端的词流传下来的有155首之多,但只有一首《长相思》提到了"龟蛇":

从初得得便风流。降伏龟蛇住定州。千日丹成永永收。好因由。自在逍遥万事休。

谭处端书写"龟蛇"并不是他自己的发挥,"龟蛇"具有逢凶化吉的功能古时就有。古以龟蛇能捍难避害,故常在旗上绘此二物。《周礼·春官·司常》:"龟蛇为旐。"该书疏曰:"龟有甲能扞难,蛇无甲,见人退之,是避害也。"有的传说认为"龟蛇"是真武大帝的肚子和肠子所变。传说,真武来到武当山修炼,把鞋子和袜子脱到一边,日夜盘坐椅子上,一动也不动,静心诵道念经,不吃饭,也不喝水。这下苦了肚子和肠子。肚子和肠子相互埋怨,争吵不休,闹腾得真武坐立不安,不能修炼,也不能念经诵道。真武一怒之下,破腹开膛,把肠子和肚子一把抓出来,扔了出去。真武这才安静下来。肚子和肠子藏在草丛里,日夜听真武念经诵道,竟然得了神通,变得能说会道,善飞善跑,上天入海,神

辽金元词

龟蛇相斗塑像

通广大，能力很大。一天，肠子"哧溜"一声拱进真武的袜筒里，在地上打了三个滚，变成一条满身披鳞甲的大蛇。肚子也拿过真武的鞋子朝背上一盖，也打了三个滚，竟然也变成一支铁壳大乌龟。从此，真武就没鞋子袜子穿了，打起赤脚来。龟蛇溜下了武当山，见到百姓的猪羊，三口两口就吞了，看到农人的牛马，几口就吃了，最后连人也吃起来。一次，它俩为争一头豹子吃，打得天昏地暗，民不得安。这时，真武已修炼成神，见龟蛇这般胡闹，就驾祥云，挥宝剑，去收服它们。真武大帝大喝道："龟蛇伏降，胆敢不从，定斩不饶！"龟蛇尽管是真武大帝肚肠变的，但已得道成精，哪里肯听。它们张牙舞爪，扑上来就和真武大帝厮斗。真武大帝怒发冲冠，挥起宝剑照龟背"当当当"斩了数下，龟背金光四射，只留下几道印子。从此以后，乌龟背上就有了花纹。蛇趁势"哧溜"一声扑上来，死死缠住真武大帝，真武又一挥宝剑，"轰隆隆"一声巨响，五根撑天柱应声而倒，只见天忽地塌下来，顿时把龟压扁了。同时，撑天柱变成了绳子，捆住了蛇的脖子，越捆越紧。从此以后，蛇的脖子就变得细细的了。龟眨眨眼睛，回头一看，背上压的并不是天，而是真武大帝踏的一只脚。蛇也转转自己的脖子，见并不是撑天柱变的绳子，而是真武卡着的大手。这一下，龟蛇知道真武大帝的厉害，苦苦哀求真武大帝饶命。真武见龟蛇是自己肚肠变的，又武艺高强，也归顺了，就收它们作为自己的坐骑，并封为"龟蛇二将"。从此，真武大帝就履龟蛇，遨游九天巡视。可是，龟将军并没有消除邪念，表面佯装老实，背后继续干坏事，经常趁真武大帝闭目养神之时偷吃仙物供果；又常常变成花花公子，溜出仙宫，吃喝嫖赌，为非作歹，干尽坏事。这样天长日久，被人们告到了真武大帝那里。真武大帝半信半疑，便留心观察，想弄个水落石出。有一次，真武大帝闭目养神，佯装"呼呼"扯长鼾。龟将军以为他已睡熟，头一伸，一口把个大仙果吞进肚子里。真武大帝就势一脚踏下，那仙果就从龟将军的肚子里滚了出来。真武大帝大怒道："乌龟！你偷吃了多少仙物，统统给我吐出来，干了多少坏事，老实向我招来。"龟将军哭丧着脸说："我实在吐不出来，说不清楚啊！"真武大帝心想：龟将军虽是我肚子变的，但败坏天风，触犯天法，岂能饶恕。于是举起宝剑，"唰"的一声，龟将军的脑袋应声落地。真武大帝就势一脚，把龟头龟身踢到紫霄宫背后。又令蛇将军缠到龟身上，逼着龟将军往外吐。真武大帝指着龟将军说："你什么时吐光说尽了，我再把头给你安上。"从此，紫霄宫后那个大乌龟就没有脑袋了，天天从脖子里吐水。谭处端词中"降服龟蛇住定州"大概就是这个典故。但他将"龟蛇"看作神物，经常书写，竟成了民间避火符，这也是他修炼的神奇之处。

故事中的元代词

元代不重视文化建设,但是元代的词人却比金代要多出好几倍。其中仇远、刘秉忠、白朴、王恽、虞集等都是很出色的词作家,在词史上也占有重要地位。元代除了文人词之外,还有一些少数民族词人,如耶律楚材、耶律铸、司马昂夫、萨都剌、李齐贤等人,词作影响也较大;还有元代的道教词人、佛教词人、女性词人,也较具特色,有一定的研究价值。尽管有些人说词衰于元,但元代创作的词作数量很多,在中国词史上占有重要地位,研究者不可忽视。

辽金元词

元 代 文 人 词

元代文人词承继南宋词遗风,在风格上有别于金词。元代文人大多致力于写散曲,因此,词的发展受到一定限制。尽管如此,元代仍有不少词作散发着艺术的光辉,这点是研究词史时所不可忽视的。

文人乃是"臭老九"

——元代词人的苦痛思想

现在我们常说一句俗话,即文人乃是"臭老九"。这句话体现了对文人的轻视之意,追溯其源头,乃来自于元朝。

文人在古代叫"士",在社会上一直是有较高地位的。在春秋战国时代,有将非官之人分为四等的,"士"就排在第一位。《管子·小匡》中说:"士农工商四民者,国之石民也。"管子将人分为四类,"士"即是知识分子,位列首位。《国语》中说:"合十数以训百体。""十数"即社会中的十等人,即王、公、大夫、士、皂、隶、舆、僚、仆、台。"士"也被列为民众之首。这种情况一直到元以前都如此。北宋年间的著名学者王洙,还专门写诗赞颂读书人的地位是"万般皆下品,惟有读书高",并且他写这句诗时还是个孩子。据说王洙小的时候,帮家里放鹅,有一天到孔庙避雨,见孔庙破败不堪,心中很不是滋味,于是在墙上用草木灰题写了一首诗:"颜回夜夜观天象,夫子朝朝雨打头。多少公卿从此出,何人肯把俸钱修。"过了一段时间,当地县令带领全县举人、秀才去参拜孔子像,发现了这首诗,见诗后题名为王洙,一问才知道是一名九岁孩童。县令不信九岁孩童能写出这样的诗,于是就把王洙找了过来。见了王洙,县令还是不信是他写的诗,又见他穿着很短的衣衫,便嘲笑说:"我还没见过穿这样短衫的神童呢。"王洙应声答道:"神童袖子短,袖大惹春风。未去朝天子,先来谒相公。"县令大为惊奇,从此,王洙神童之名便在宁波一带流传开来。他称赞读书人的诗便写于年少时期。诗曰:

> 天子重英豪,文章教尔曹。
> 万般皆下品,惟有读书高。

王洙能成为神童不是偶然的,和当时人们对知识分子的尊崇有很大关系。要不

然，一个这么小的孩子，也不会那么费力地去读书了。

宋代对读书人的尊崇可谓史无前例。宋太祖赵匡胤曾发誓不杀读书人。据叶梦得的《避暑漫抄》载：

> 艺祖受命之三年，密镌一碑，立于太庙寝殿之夹室，谓之誓碑，用销金黄幔蔽之，门钥封闭甚严。因敕有司，自后时享（四时八节的祭祀）及新太子即位，谒庙礼毕，奏请恭读誓词。独一小黄门不识字者从，余皆远立。上至碑前，再拜跪瞻默诵讫，复再拜出。群臣近侍，皆不知所誓何事。自后列圣相承，皆踵故事。靖康之变，门皆洞开，人得纵观。碑高七八尺，阔四尺余，誓词三行，一云："柴氏子孙，有罪不得加刑，纵犯谋逆，止于狱内赐尽，不得市曹刑戮，亦不得连坐支属。"一云："不得杀士大夫及上书言事人。"一云："子孙有渝此誓者，天必殛之。"后建炎间，曹勋自金回，太上寄语，祖上誓碑在太庙，恐今天子不及知云。

但是，读书人的地位到了元朝却发生了变化，读书人不再被推崇，而是变成了"臭老九"，地位仅高于乞丐。

据南宋遗民谢枋得《叠山集·送方伯载归三山序》说：

> 滑稽之雄，以儒为戏者曰："我大元典制，人有十等，一官二吏，先之者，贵之也；贵之者，谓有益于国也。七匠八娼，九儒十丐，后之者，贱之也；贱之者，谓无益于国也。"嗟乎！卑哉！介乎娼之下、丐之上者，今之儒者也。

郑思肖《所南集·心史》也说："鞑法：一官、二吏、三僧、四道、五医、六工、七猎、八民、九儒、十丐，各有所统辖。"元朝以武力定天下，以放牧为主要生计的元统治者，曾经一度要把全国的耕地变为牧场。他们认为文人对于统治国家是最没用的，手无缚鸡之力的文人，哪里比得上征战沙场的武夫，因此，文人的地位极为低下。

元朝很少进行科举考试，他们任用官吏主要是脚根和吏进。所谓脚根，即出身。凡是在蒙古伐金、灭宋过程中立下大功的蒙古、色目、汉人家庭便是"大

脚根",就可以世代在朝廷做官。吏进是元代文人进入仕途的主要途径,但是这样入仕的官职都比较低,一般都很难超过七品。所以,正统的儒士往往不屑于入仕为吏。元好问的门生、"东平四杰"之一的李谦,被选至中书省,拟以士人充吏职,他得知后拂袖而去。科举考试促成了诗词的发展,而元代久置科举,在一定程度上也限制了文人的发展,也限制了词的发展。

元代词人地位低微,词人心中承受着莫大的伤痛。就是杂剧作家也不被重视,大多数杂剧家都没有入仕,即使有少数入仕的,也多为低微之职务。因此,元代文学发展的全貌,可想而知。

莫上小楼上，愁满月明中

——白朴的隐括词《水调歌头》与李后主

白朴（1226—1306左右），字仁甫，后改字太素，号兰谷，真定（今河北正定县）人，晚年寓居金陵，终身未仕。他是元代著名曲作家、杂剧家，与关汉卿、马致远、郑光祖合称为"元曲四大家"。他父亲白华字文举，号寓斋，为金宣宗贞祐三年（1215）进士，官至枢密院判。白华与元好问交情甚密，常以诗文相来往。白朴7岁时，遭遇壬辰之乱（金哀宗天兴元年，公元1232年），蒙古军将南京团团围住，用大炮攻城。金哀宗决定弃城北上归德，白华只得留家人于金陵，只身随哀宗渡河北上。第二年三月，金陵被攻破，蒙古军纵兵大掠，城内百姓多遭杀害。白朴与母亲在战乱中走散，元好问将白朴姐弟收留，并带其姐弟北渡。

白朴像

元好问对其姐弟如同对待自己的孩子一样。在北渡途中，白朴不幸生病，元好问昼夜将其抱在怀中，没想到六天后，白朴臂上出了很多汗，病竟然好了。数年后，白华写诗谢元好问说："顾我真成丧家犬，赖君曾护落巢儿。"诗中既带有无限感激之情，又带有无奈与伤感。白朴文誉很高，元好问曾赠诗夸之说："元白通家旧，诸郎独汝贤。"

白朴虽然学问渊博，但自幼经丧乱，仓皇间与母亲走失，常有山川之叹。金亡后，更是郁郁不欢。元世祖中统二年（1261），史天泽要将白朴推荐给朝廷，白朴再三推辞，不愿入朝为官。元一统全国后，晚年的白朴搬至金陵居住，与诸遗老放情山水间，日以诗酒优游，以示雅志。白朴在金陵游览了南唐后主李煜的宫殿，有感而发，写了首怀古伤今的《水调歌头》词：

南郊旧坛在，北渡昔人空。残阳澹澹无语，零落故王宫。前日雕

栏玉砌,今日遗台老树,尚想霸图雄。谁谓埋金地,都属卖柴翁。

慨悲歌,怀故国,又东风。不堪往事多少,回首梦魂同。借问春花秋月,几换朱颜绿鬓,荏苒岁华终。莫上小楼上,愁满明月中。

白朴的词,现存105首,词集名《天籁集》,王博文为之作序,清初开始刊布流行,多有评价较高者。如王博文说:"读之数过,辞语遒丽,情寄高远,音节协和,轻重稳惬,凡当歌对酒,感时兴怀,皆自肺腑流出。余因以《天籁》名之。噫!遗山之后,乐府名家者何人?残膏剩馥,化为神奇,亦于太素集中见之矣。然则继遗山者,不属太素而奚属哉!"朱彝尊说:"兰谷词源出苏、辛,而绝无叫嚣之气,自是名家。元人擅此者少,当与张蜕菴称双美,可与知音道也。"王鹏运也说:"清隽婉逸,调适均谐,足与张玉田相匹。"可见白朴虽以曲著称,但其词也取得了很大的成就。

这首《水调歌头》用了"隐括体"写就。此词序说:"感南唐故宫,就隐括后主词。""隐括体"是宋代兴起的一种特殊词体。其主要特点是,按照词牌的特定规律,对前人的诗文词赋进行剪裁或改写,创制别开生面的新作。白朴写此词,在词中多次运用了南唐后主李煜《虞美人》词中的意象,借以抒发和李后主一样的情怀。都是亡国之臣,都有北渡之凄凉,都有故国之思,都有亡国之恨,这就是白朴与李煜词基调相同的基础。身世遭遇相似,词作感思相同,虽不在同一朝代,然愁苦之心乃一也。

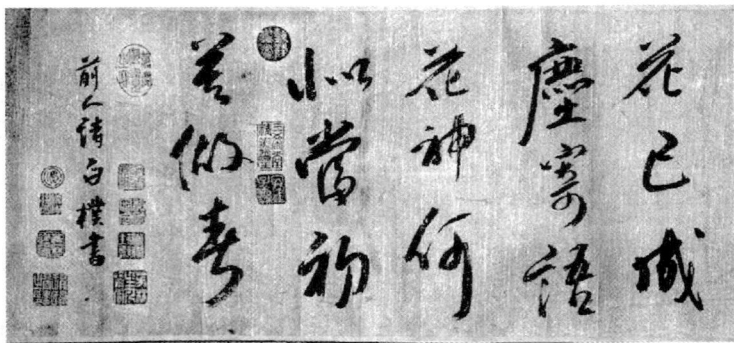

白朴书法

首先在身世遭遇上,白朴与李煜有极为相似之处。李煜是南唐杰出的词人。他是南唐中主李璟的第六个儿子,初名从嘉,字重光。他即位时,国势已衰,强大的宋朝一步步逼近。后来宋朝打进了金陵,李煜被俘北上,做了亡国奴。亡国之痛在李煜词作中表现最突出最为凄烈的乃是其词作《虞美人》：

春花秋月何时了？往事知多少。小楼昨夜又东风，故国不堪回首月明中。

雕栏玉砌应犹在，只是朱颜改。问君能有几多愁？恰似一江春水向东流。

据说李煜写了这首词后，就被宋太宗用毒酒毒死了。《虞美人》写得很唯美也很伤感，特别是"问君能有几多愁？恰似一江春水向东流"，可谓是词中写愁情的楷模。白朴在身世遭遇上与李煜相似，同样经历了国破的伤痛，又同是在南京经历的，并且又都经过了北渡的去国之思，从这个层面看，白朴是最能理解李煜的感受的。遭遇的相似，使白朴在看到南唐故宫时，不由得触景伤情，写了这首"隐括体"词。

其次，白朴在词的意象选取上，将《虞美人》的意象全部用到自己的词中，并加以重新组合，如"雕栏玉砌""东风""春花秋月""小楼""月明中"等意象的选取。这些意象经过了白朴的重新组合，既表达了对李煜亡国的遗憾，又表达了对自己故国的思念之情。白朴词不但在词意、词境上模拟李词，即使在手法上也模仿李词。李词上片重在写景，下片重在抒情，白词亦然。白词上片在写景中，兼有议论，表达了对亡国的遗憾。上片末尾一句"谁谓埋金地，都属卖柴翁"，将词人的感情推向了高潮，表达了词人对江山易主、物是人非的感叹，表达了对历史兴亡的哀思。词下片开语直抒胸臆，"慨悲歌，怀故国，又东风"，表面上看是在说李后主在"怀故国"，本质上何尝不是词人自己在"怀故国"呢？词人与李后主的思想基调是一致的，所以说"不堪往事多少，回首梦魂同。"可叹年华易逝，物换星移，但唯一不变的，是这不变的愁情，"莫上小楼上，愁满月明中"。明月本来是美好的，但对于词人来说，国破山河在，物是人已非，这美好的明月更助长了愁情。

白朴的《水调歌头》隐括李后主之词，虽是同一意象的不同组合，但经过白朴的妙手，亦美不可收，并且，除却文字优美、意境感人之外，更为动人之处还在于，白朴将己之遭遇与李后主之遭遇、将己之情思与李后主之情思在词中不露声色地融合了起来，更增添了历史的沧桑感，增加了词的思想厚度和深度。

辽金元词

清溪一叶舟，芙蓉两岸秋

——赵孟頫《后庭花破子》

赵孟頫（1254—1322），字子昂，号松雪道人，湖州（今浙江吴兴）人，为宋太祖第四子秦王德芳之后，即宋太祖第十一世孙。赵孟頫出身儒门家庭，自小受到很好的儒家教育，又因其少小出语惊人，文章写得好，一时名气很大。他在诗、书、画等方面都有很深的造诣，尤其以书法著名，他的书法在书法史上可与王羲之、颜真卿相媲美。因其书法名气太大，以至于掩盖了他在诗词、篆刻、绘画等方面的成就。

赵孟頫像

宋国的开国皇帝赵匡胤是经过陈桥兵变、黄袍加身取得帝位的。赵匡胤驾崩后，本来帝位应该传给他的儿子，但考虑到当时的皇子都比较年幼，害怕守不住江山，于是就将帝位传给了他的弟弟赵光义，就是宋太宗。本该继承帝位的皇子赵德芳被封为秦王，王府设在湖州。他就是后世许多小说里构筑的宋朝衷心贤良的"八贤王"。1254年，湖州赵家的主人是赵菊坡。这一年赵菊坡42岁，他迎来了第7个孩子，就是赵孟頫。赵孟頫出生在文化氛围极浓的江浙地区，从小就有着过人的才华，后与画家钱选等，并称"吴兴八俊"。至元二十三年（1286），程文海奉元世祖之命在江南征求贤良人才，赵孟頫携其夫人管道

辽金元词

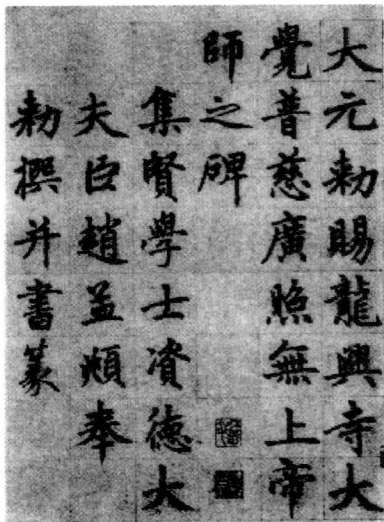

赵孟頫书法作品

升(中国绘画史上知名度最高的女画家,以画竹出名)到了大都(今北京)。赵孟頫和众多才俊受到了忽必烈的热烈欢迎,而赵孟頫在众人之中鹤立鸡群,忽必烈十分欣赏,特赐他坐在自己的身边,两人相谈非常融洽。元世祖任命他为奉训大夫,后又升为官部郎中、集贤直学士。元仁宗时,被授予翰林学士承旨;元英宗时,封为荣禄大夫,为当朝一品,妻子管道升也被封为魏国夫人。

赵孟頫在书画创作上倡导"古意",他说:

> 作画贵有古意,若无古意,虽工无益。今人但知用笔纤细,傅色浓艳,便自谓能手,殊不知古意既亏,百病横生,岂可观也。吾所作画,似乎简率,然识者知其近古,故以为佳。此可为知者道,不为不知者说也。(《清河书画舫》)

赵孟頫把书法的笔法引入到绘画当中,开辟了一条绘画史上的新途径。在绘画上,他在山水、人、马、花竹、木石等方面都很精通,他的绘画兼具工整与豪放两种风格。现在流传下来的《秋郊饮马图》为其绘画代表作之一。这幅画作于皇庆元年(1312),他这时59岁。画幅虽然不大,但堪称赵孟頫画马的代表作。此画共有马十匹,马官一人。几株不同品种的秋树,枝干的笔墨苍劲古朴,树叶错落有致。一汪湖水清澈透明,对比鲜明,堪称绝品。

赵孟頫《秋郊饮马图》

赵孟頫最出名的是他的书法。他五岁的时候就开始学习书法,非常用功,年长时临智永的《千字文》,据说一天要写500张纸,要写上一万多字。勤快加上天赋,使他成为著名的书法家。他成就最高的是行书与楷书,流传下来的名作有《湖州妙岩寺记》《胆巴碑》《仇彦中碑》《仇鄂墓志铭》《御服碑》等。赵孟頫书法是在临摹古人的基础上,融合了各家之长。他的行草楷篆隶各体都写得很

辽金元词

好，被当时和后世许多人效仿。《吴兴掌故集》讲述了赵孟頫因书法出名，而为人求字的故事：

> 松雪晚年家居，名重四远，有称雪庵居士书刺谒公，公曰："青莲居士耶，香山东坡耶？"不许见。公一日送客，不觉出门外，见一人伏于地，问之，跼踏不敢言，但致愿见之诚。公曰："尔非昨来雪庵居士呼？"遂呼使入。赟见之礼颇丰，又出彩笔两枝，王右丞雪里芭蕉一轴。公遽言："尔来欲吾题此画耶？"濡笔题而归之。

赵孟頫晚年的书法达到了纯熟的地步，圆润道丽，光彩照人，难怪有那么多的人向他求字。赵孟頫不但字写得好，帖也临得极妙。据说有个叫柳贯的文人到赵孟頫家做客，两人谈论书法，赵一时兴起，提笔蘸墨，一口气背写了柳公权、颜真卿、李邕、徐浩四位唐代书法家的字帖，写完让人拿出原帖对照，竟然一模一样。

赵孟頫的诗文写得也是极好的，只是因为书法名气太大，掩盖了诗名。他的诗文和词作中很少有描写女性的作品，只有少数诗词涉及对女性的描写，其中有一首为《美人隔秋水》，表达了对一位女子的思念之情；另一首《后庭花》是描写一位采菱姑娘的词作，但词风清丽醇静，词如画，没有丝毫显露男女之情：

> 清溪一叶舟，芙蓉两岸秋。采菱谁家女？歌声起暮鸥。
> 乱云愁。满头风雨，戴荷叶，归去休。

关于赵孟頫的词还有一个小故事。据说赵孟頫名气大了之后，喜欢上了一个叫舞袖的女子，想娶她为妾。但他又害怕夫人不同意，思来想去，就给夫人写了一首词，用来试探夫人的心意。词曰：

> 我学士，尔夫人。岂不闻，陶学士有桃叶、桃根，苏学士有朝云、暮云，我便多娶几个吴姬越女，又何过分？尔年纪已过四旬，只管占住玉堂春。

管道升也给赵孟頫回敬了一首词，曰：

> 你侬我侬,忒煞情多,情多处热如火;把一块泥,捻一个你,塑一个
> 我。将咱两个,一起打破,用水调和,再捻一个你,再塑一个我,我泥中
> 有你,你泥中有我。

管道升这首词写得感人肺腑,读后让人潸然泪下。赵孟頫非常感动,就打消了娶妾的念头。

赵孟頫的诗文、题跋较多,散见于地方史志、书画著录和文集笔记中。他的散文清俊有致,记事抒情相得益彰;诗歌流转圆润,直抒胸臆,有"珊瑚玉树,自足照映清时"之誉,他的诗歌大多表达了他对祖国山川景物的热爱,抒发追求自由的情感,风格较为豪放。赵孟頫还善于填词,词风和婉,典雅清丽。在他生前,他将自己的诗文合成为《松雪斋诗文集》,他的友人戴表元为他作序,可惜此书还没有刊行他便去世了。戴表元在文集序言中说:"吴兴赵子昂与余交十五年,凡五见,每见必以诗文相振激。子昂才极高,气极爽……子昂未弱冠时,出语已惊其里中儒先。稍长大,而四方万里重购以求其文,车马所至,填门倾郭,得片纸只字,人人心惬意满而去。"赵孟頫的才气可见一斑。赵孟頫有一首《自释》诗,表达了自己的人生追求:

> 君子重道义,小人贵功名。
> 天爵元自尊,世纷何足荣?
> 乘除有至理,此重彼自轻。
> 青松与蔓草,物情当细评。
> 无为蔓草蕃,愿作青松贞。

赵孟頫将青松与蔓草做了对比,表明自己要像青松一样贞洁,即使蔓草长势很茂盛,但也绝不学蔓草,表达了自己高洁的道德情怀。赵孟頫中晚年因喜欢一女子,想娶为妾,但他夫人不同意,就没有娶,但他对这位女子的情感并没有完全消除,而是写了一首诗歌用以纪念。诗名为《美人隔秋水》,从标题上就能看出他的思念之苦:

> 美人隔秋水,咫尺若千里。
> 可望不可言,相思何时已!

庭树多落叶，日夕秋风起。

我今年已衰，束发拥两耳。

回思少年时，容颜若桃李。

美人何当来，一笑怀抱洗。

未见令我思，既见胡不喜。

据明陈霆其《雨山默谈》载，赵孟頫年轻时极为标致帅气，"相传松雪肌肤细润，常服止用软凌娟，遇绨葛即擦伤"。故他在诗中感慨"回思少年时，容颜若桃李"。

赵孟頫在诗歌中时常表露对自由自在生活的追求，在其词作中也表达了放浪山水，追求自由的情怀。他的两首《渔父词》，就表达了这样的思想。

渺渺烟波一叶舟，西风落木五湖秋。盟鸥鹭，傲王侯，管甚鲈鱼不上钩。

侬往东吴震泽州，烟波日日钓鱼舟。山似翠，酒如油，醉眼看山百自由。

赵孟頫流传下来的词不是很多，但他对于词的作用却充分肯定，并且举了欧阳修、苏轼、程颐等虽以经史考中科举，但出名却是因为词作的例子，进一步说明词作的重要性。他在《第一山人文集序》中说：

宋之末年，文体大坏，治经者不以背于经为非，而以立说奇险为工。作赋者不以破碎纤靡为异，而以缀缉新巧为得。有司以是取士，以是应程文之变，至此尽矣。狃于科举之习者，则曰："巨公如欧、苏，大儒如程、朱，皆以是显，士舍此将焉学？"是不然。欧、苏、程、朱，其进以是矣，其名世传后，岂在是哉！

赵孟頫对于一些人不赞成宋末以词赋取士的看法，提出了反对意见，反映了他对词赋的喜爱和重视。

杏花春雨江南
——虞集《风入松》

虞集（1272—1348），字伯生，号道园，又号邵庵，祖籍四川仁寿，生于湖南衡州，徙居江西崇仁。虞集一生的经历，大致可以分为四个阶段：八岁以前，侍从外祖父宦游，辗转于湖南、江浙、福建等地；九岁至十三岁，家居读书，随父寓居江西崇仁，得以从游于故宋诸公名卿家；三十岁至六十二岁，仕宦京城，历任翰林待制、兼国史院编修官、秘书少监、国子祭酒、奎章阁侍书学士、翰林侍讲学士等职务；六十二岁以后，归隐田园，悟道参禅。

虞集像

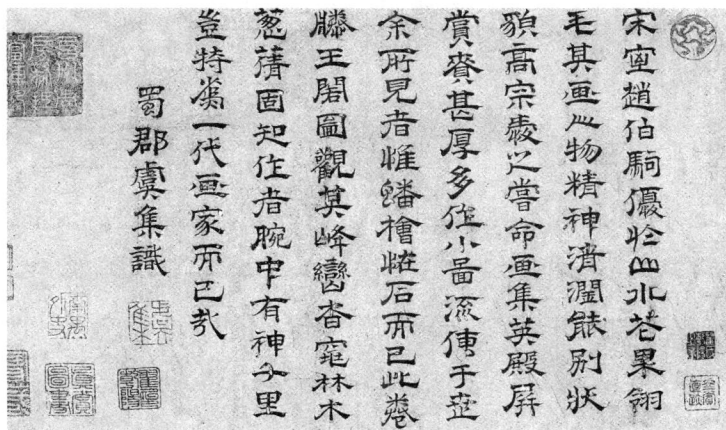

虞集书法作品

虞集以文学著称，但他的成就是多方面的，在理学、教育、史学、书法艺术等方面都有很深的造诣，对元末文界产生了较大影响。虞集词作流传下来的不多，但《风入松》一首却很有韵味。《辍耕录》载：

吾乡柯敬仲先生，际遇文宗，起家为奎章阁鉴书博士，以避言路居

吴下，时虞邵庵先生在馆阁，赋《风入松》词寄之，词翰兼美，一时争相传刻。而此曲遂遍满海内矣。

《归田诗话》也载：

> 虞邵庵在翰林，有诗云："屏风围坐鬓鬖鬖，银烛烧残照暮酣。京国多年情尽改，忽听春雨忆江南。"又作《风入松》词云云。盖即诗意也。但繁简不同尔。曾见机坊以词织成帕，为时所贵重如此。张仲举词云："但留意江南，和泪在罗帕。"即指此也。

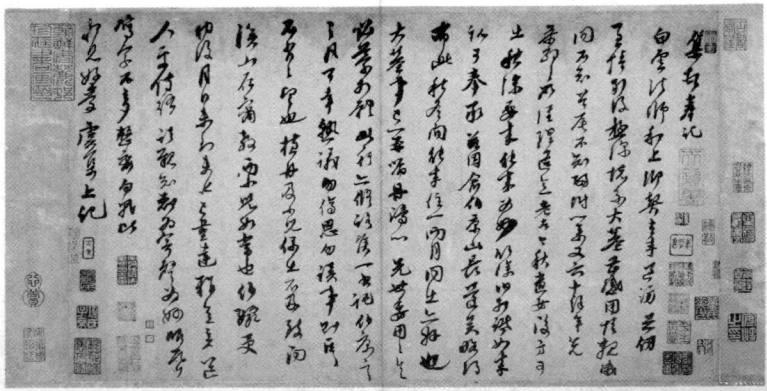

虞集书法作品

　　虞集的诗文成就较高，但他的词作艺术价值也较高，以至于当时很多织坊都把他的词织在手帕上。清代翁方纲评价虞集诗文时说："入元之代，虽硕儒辈出，而菁华酝酿，合美为难。虞雍靖公，承故相之家，本草庐之学，习朝廷之故事，择文章之雅言。盖自北宋欧苏以后，老于文学者，定推此一人，不特与一时文士争长也。"（《石洲诗话》卷五）《四库全书总目·道园学古录》也说："有元一代，作者云兴，大德延佑以还，尤为极盛。而词坛宿老，要必以集为大宗。"可以看出，后世对虞集的词作评价颇高。清代陈廷焯《词坛丛话》说："道园自是作手，其诗如汉廷老吏断狱，卓绝一时，词亦精警团聚，尽脱前人窠臼。惜所传寥寥，未免令人遗憾。"虞集词最受人传颂的是《风入松》，词曰：

> 画堂红袖倚清酣，华发不胜簪。几回晚直金銮殿。东风软，花里停骖，书诏许传宫烛，轻罗初试朝衫。

御沟冰泮水揆烂,飞燕语呢喃。重重帘幕寒犹在。凭谁寄银字泥缄,报道先生归也,杏花春雨江南。

词的上片,写词人对往昔生活的回忆。首句交代了词人活动的地点及活动内容,"依清酣"告诉我们,词人心情是非常舒畅的,"华发不胜簪"一方面说明词人年龄很大,另一方面暗语尽管年龄大,但仍自得其乐。"几回"以下,从画堂写到金銮殿,词人与朋友一起初试朝衫,停骖传诏,虽有晚值和早朝之辛劳,却无些许之怨气,此种生活与心境实为词人当年馆阁生涯的如实反映。天历、至顺年间,元文宗开奎章阁延纳大批才艺之士,虞集、柯九思分任侍书学士和鉴书博士,经常鉴书赏画、赓诗唱和,为一时之佳话。

元代的南方文士政治境遇普遍卑下,即便宠誉日隆的柯九思和虞集亦招致不少蒙古权臣的猜忌。一次,文宗召见柯九思,对他说:"朕本意留卿而欲伸言者路,已敕中书除外,卿其少避,俟朕至上京宣汝矣!"文宗这番话,令柯九思既感宽慰又觉担忧。至顺三年八月,文宗卒,柯九思失去了最后的依靠,被迫退职,愤然回到江南。而虞集在朝中的境遇与柯九思一样。在《风入松》词中,虞集虽未着一语言及愁苦,然他对往昔君臣融洽局面的怀念,实际隐含着对当下处境之隐忧。透过上片,我们依稀能读出词人内心潜存着繁华盛事之后的哀伤。

词的下片,由回忆转为现实。初春季节,御沟的冰凌已经消释,水面泛起了碧绿颜色,斜飞的燕子亦开始呢喃耳语。然"重重帘幕寒犹在"一句,似乎又隔断了词人对美好春天之向往。这"寒"既是京师初春天气之实写,亦可视为其心境之曲写,明君的逝去和知音的离去使他难耐此"寒"。接下去,"凭谁寄金字泥缄",其孤独境况更为显见,他甚至觉得没有人为他捎去对朋友的问候,故不免唏嘘嗟叹。"报道先生归也",是全词的题旨,表明了他急切的归隐之情和与朋友重逢的期望。"杏花春雨江南"一句,是全词最为精妙处。杏花春雨江南,不仅是他的现实归宿,更是其精神家园,同时也是元代游宦京师多年的南方文人们的普遍归宿,故而此词在当时能引起极大共鸣。据说,柯九思从京师罢官回到江南后,流寓于吴门的胭脂桥,时常与名士们一起坐拥歌妓,放浪形骸。元统二年的元夕,柯九思与张翥、顾瑛等名士,歌妓欢宴席间,柯氏蓦然想起了这首《风入松》,泣不成声,遂和泪书写全词,装裱成画轴。虞集的词、柯九思的书法,二者相得益彰,遂由此而"遍传海内"。

元末人陶宗仪《辍耕录》记载了一则故事,说明虞集文才的影响力之大。《辍耕录》说,虞集还没有入仕时,曾长时间居住在钱塘,有一天,他和友人杨仲弘、薛宗海、范德机访问一方士,并求方士在西湖上招徕鬼神,以求占卜。这个方士就把一个簸箕放在一支笔上头,开始画符做法,过了一会,簸箕带动笔写了起来,忽然有一个声音说:"我并不是神仙,只是路过的神。"方士斥责说:"我又没请你,你干什么来啊?"神回答说:"我是过来想请虞先生写一份保文,用来申达上帝,希望能得到升迁。"虞集的朋友就劝说他不要违背神人的邀请,给他写一份文书吧。虞集于是就写了一份文书,第二天,在西湖边把文书焚化了。过了半个多月,虞集他们又让方士请神占卜,有一个声音说:"我是前段时间路过的神,得到虞先生的文书,现在已经获得升迁,让我执掌城隍之事,特来道谢。将来虞先生必定显贵,千万不要荒废了自己。"

据虞集自己说,他号"道园"也是有纪念意义的。有一次他看赵孟頫临池练书法,看了一会,赵孟頫回头问道:"别人都向我求字,只有你不向我要字,这是为什么呢?"虞集回答说"不敢",其实内心也想要。赵孟頫就说,"恬淡无欲道之园",于是就为虞集刻了古篆"道园"两字。从此,虞集就用"道园"作为自己的号。虞集常与赵孟頫交游,以考究书史娱乐,"杏花春雨江南",何尝没有虞集南方交游生活的回忆呢?

鹤翅九秋开

——虞集《法驾导引》

虞集有很多关于道教的诗文，他与很多道士都有往来，甚至很多道士都慕名求其作文。虞集的词作流传下来的甚少，大约有三十多首。在这很少的词作中，有相当一部分是反映道教思想方面的词作。

《元史》载，虞集出生时就和道教有一定的因缘。虞集的父亲因没有儿子而到南岳祈祷，不久虞集的母亲就怀孕了。在虞集快要出生时，虞集的外祖父一天早上起床后，又坐着打了个盹，梦见一个道士走到跟前说："南岳真人来见。"既而梦醒，觉得很奇怪，正在这时来消息说，虞集出生了。陶宗仪《辍耕录》也记载了一条关于虞集和道士有关的记载。道士张伯雨和王溪月真人来京，时吴闲闲为嗣师。北方没有梅花，吴闲闲从南方移植过来几株，并用亭子围护起来，亭子就叫"漱芳亭"。张伯雨无意间到了吴闲闲的这个亭子，见了吴闲闲，张伯雨觉得像是在西湖时见过的故人，逛了一阵，竟然在吴闲闲亭子中睡着了。张伯雨还做了一个梦，他梦见王真人怪罪张伯雨外出迷失道路，终日不见他，张伯雨很担心。张伯雨醒后，就将这个梦告诉了吴闲闲，吴闲闲笑道："都说你作诗好，何不作首诗以谢罪呢。"张伯雨提笔写道："风沙不惮五千里，将身跳入仙人壶。"吴闲闲看诗后很高兴，将这句诗送给袁学士伯长、谢博士敬德、马御史伯庸、吴助教养浩、虞修撰伯生和之。过了几天，张伯雨拜见这几位和诗之人，只有虞集不和伯雨讲儒家典故，反问张伯雨道家典故，张伯雨虽然勉强回答了，却也驴头不对马嘴。虞集又问张伯雨能写几家符箓，张伯雨回答说"不会"。虞集说："那我就试着写几家，你看看是否真实。"结果虞集一下子写了七十二家的符箓，看得张伯雨汗流浃背，竟然拜虞集为师。可见，虞集具有很高的道家文化修养。

虞集晚年时，与南方很多道士有来往，相当一部分道士去求虞集作文。有一次，虞集在庐山游山玩水到了白鹤观，有个老道叫吴德显，很高兴地出来迎接他，也没问他姓名，就将他引到种有竹子的住所，指着窗前的牡丹花对虞集说：

辽金元词

"这些牡丹花的花苞都还很小,本不应该现在开花,但是今天却有一朵花开了,花朵冰雪绰约,非常奇异,难道是因为你要来的缘故吗!"第二天,虞集要走了,老道追到石桥上,送给他一枝兰花,并拿出白鹤观的记载及古今的题咏一卷,要求虞集道:"请您赶快给我写首诗吧。"虞集赋诗一首《白鹤观》诗,作为纪念:

> 白鹤山人如鹤白,自抱山樽留过客。
>
> 要看修竹万琅玕,更对名花皆雪白。
>
> 山樽本出山下泉,过客醉去山人眠。
>
> 客亦是鹤君莫笑,重来更待三千年。

虞集有很高的道家文化修养,与很多道士有交流,他晚年时,也很喜欢与道士剪烛夜谈。

虞集的词《苏武慢》有十二首,他写这些词全是应道士的邀请而作。全真道有个冯尊师,本是燕赵书生,游玩时,遇到了一个异人,得到了仙学。冯尊师所赋歌曲,高洁雄畅,最为流传的是《苏武慢》,有二十篇。前十篇述说隐逸的快乐之情,后十篇讲述修仙成道之法。有个叫费无隐的人独善演唱这些曲子,闻者有凌云之思。虞集在山中隐居时,每登高望远,则与无隐歌而和之。无隐说:"你应该为我另外作十篇。"等了两年,虞集写了两篇半,费无隐感觉很不痛快。虞集《苏武慢》序言中说:"昭阳协洽之年,当嘉平之月,长儿之官罗浮。予与客清江赵伯友,临川黄观我、陈可立游。东叔吴文明,平阳李平幼子翁归,泛舟送之。水涸,转鄱阳湖,上豫章,遇风雪,十五六日不能达三百里。清夜秉烛,危坐高唱,二三夕间,得七篇半。每一篇成,无隐即歌之。冯尊师天外有闻,能乘风为我一来听耶。明春,舟中又得二篇,并无俗念一首。后三年,仙游山彭致中取而刊之,与瓢笠高明共一笑之乐也。"其中一首写道:

苏　武　慢

忆昔坡仙,夜游赤壁,孤鹤掠舟西过。英雄消尽,身世茫然,月小水寒星火。何似渔翁,不知今古,醉傍蓼花然火。梦相逢、羽服翩跹,未必此时非我。

谁解道、岁晚江空,风帆目力,横槊赋诗江左。清露衣裳,晚风洲渚,多少短歌长些。玉宇高寒,故人何处,渺渺予怀无那。叹乘桴、浮海飘然,从者未知谁可。

此词虽未应道士所邀而歌,但词作豪放不羁,有东坡词风。词中引用了道家常用的一些词语,如"鹤""乘桴"等,富有哲学意味。词作上片的中心思想是感叹流年易逝,不如洒脱过世。历史上,在赤壁这个地方活跃过很多英雄豪杰,东坡也曾夜游赤壁,然而他们现在已经随着历史的长河"灰飞烟灭",只有"月小水寒星火"。和这些历史上的英雄人物相比,还不如做一个渔翁,学一学庄周,做上一梦,感悟一下到底"我为何物"。下片引用了曹操横槊赋诗的典故,而今曹操也已不知身在何方,叹古感今,遂有"乘桴"浮于海的志愿,但又不知道能和谁一起去实现这个志向。

虞集比较有名的有关道士的词作还有《法驾导引》,虽然流传下来的共有四首,但从这四首词作中我们可以看出虞集对道教文化境界的理解,以及他晚年所兼具的道教文化修养。这四首词作,只有《法驾导引·庐山寻真观题》词作分为上下两片,其他三首都只有一片。《法驾导引·庐山寻真观题》词云:

> 栏干曲,正面碧崔嵬。岚气着衣成紫雾,墨香横壁长苍苔。柏影
> 扫空台。
> 江海客,欲去更徘徊。雾发云鬟何处在,风泉雪磴几时来。鹤翅
> 九秋开。

这首词是虞集游历庐山时在寻真观题写的词。词的上片主要描写了寻真观周边美妙的自然景观。扶着曲折的栏杆,向对面望去,是一片崔嵬碧绿的山峦,可见寻真观所处环境极为秀丽。在这种环境下,云气缭绕,云气沾衣,恍如紫雾。再往近处看,寻真观的横壁上长满了苍苔,看上去荒凉自然,但是,这苍苔下众多的题词,却又给这里增添了浓厚的人文氛围。横壁旁边,种植柏树,人烟稀少,空旷心怡。这样的自然环境,正是道家所追求的"仙人"境界。词下片抒发词人在寻真观游历的感受。虞集以"江海客"自居,"欲去更徘徊",表达了对寻真观自然美景的流连忘返之情。面对这样的美景,发出"几时来"的感慨,最后词人跳出感情的束缚,表示要遨游四海的情志,"鹤翅九秋开",表达了词人展翅翱翔,纵览大好河山的壮举,带有道家遨游四海的情趣。

虞集写了很多题画诗,他的另一首《法驾导引》词,相当于一首题画词,在词

辽金元词

中描绘了画中"不与世间同"的生动画面。

> 盘石上,新画太丘翁。扶老一枝风满袖,凌霄千岁露垂松。不与世间同。

不知道谁在盘石上画了一个太丘翁,这个老翁手扶一松枝,清风满袖;老翁手扶的这棵松树已经是"凌霄千岁",千岁的松与年长的老者,烘托出一个"不与世间同"的仙境。此词词如画,画藏词,词画融一,情趣盎然。

虞集的另一首《法驾导引》是为他表兄陈溪山寿而作的。虞集取道家词牌的目的,估计是希望他的表兄长寿之意。陈溪山的身世及履历没有太多资料可查,虞集写过三首《次韵表兄陈溪山先生棕履》,从这三首诗歌里,可以看出陈溪山有文才,过着超凡脱俗的生活。第一首说"知君贵贱履,陟降恒有道。怜我涉世深,垂诚不待造",估计他的表兄应该和道家修行有一定关系,故用道家词牌《法驾导引》为其表兄做寿。词曰:

> 秋气至,寿斝注天香。燕坐喜看扶两几,击鲜何必混诸郎。长岁接宾行。

此词描写了陈溪山过寿时的热闹场景。"秋气至",告诉我们陈溪山的寿辰是在秋天。这天,来贺寿的人很多,人们喝着寿酒,为陈溪山贺寿。"斝",盛酒的容器,比较古朴。"击鲜",宰杀活的牲畜禽鱼,用来作为美食。《汉书·陆贾传》:"数击鲜,毋久溷女为也!"颜师古注说:"鲜谓新杀之肉也。"《陈书·始兴王叔陵传》:"未及十日,乃令庖厨击鲜,日进甘膳。"宋代周辉《清波杂志》卷十二:"滨江人家得鱼,留数日,俟稍败方烹。或谓何不击鲜?云,鲜则必腥。海上有逐臭之夫,於此益信。"在陈溪山寿辰这天,宰杀牲畜禽鱼用来做美食,宾客成行,喝酒助兴,而陈溪山却不用亲自动手来做这些活计,他只需要"燕

古代带有兽纹的斝,饮酒器

坐喜看扶两几"即可。词作描写了陈溪山过寿时热闹的情景以及他在陈溪山过寿时的情态,读之使人身临其境。

　　虞集《法驾导引》词有一个共同的特点,那就是,词作所写内容都表达了超凡脱俗的情志,表达了对山林生活的向往。如另一首《法驾导引》:

　　　　千岁事,何许觅松乔。急雨轻雷开道路,星河北斗转岩峣。相对
　　话渔樵。

这首词描绘了他超凡脱俗的游历生活,"急雨轻雷开道路,星河北斗转岩峣"两句,写得豪气纵横,洒脱不羁。而"相对话渔樵"一句,又将"千岁事"的生活归于平淡,平淡才是真,平淡中见真理。

往事悠悠江水漫，怕听楼前新雁

——题陆行直《碧梧苍石图》词

题画诗、题画词在古代文人诗词中是经常出现的，但是很多画作却看不到了，只能看到这些诗词作品。在故宫博物院藏有一幅元人陆行直的《碧梧苍石图》，上面的题词俱在，这是一幅难得的词、画俱在的作品。这幅画为绢本，纵 107 厘米，横 53.2 厘米。该画是 1959 年李一氓（1903—1990）捐献，文化部文物局拨故宫博物院藏的。从画面看，一块巨石立于画中，两株高大的梧桐、柏树冲天而立。湖石用繁皴密染，树叶勾点兼用，笔墨清劲，构图平中求险，为陆行直传世名作。画面右方自题词一首并记一段，末书款"季道陆行直题"。钤"致和斋""陆季道氏"二印。画面右下又题词一首，末款"陆行直重题"。画上有元人陆留、王铉、元卿、叶衡、卫德嘉、施可道、曹方父、卫德辰等 14 家题记，诗堂有明人

题陆行直《碧梧苍石图》

刘稽、周鼎题识，裱边有谢希曾跋。经明项元汴收藏，后归李一氓。画中的 16 首题词，全用《清平乐》词牌写成。唐圭璋《全金元词》将 16 首词全部收录。

陆行直，字辅之，又字季道，号壶天，又号壶中天，吴江（今江苏省吴江市）人。生于德祐元年（1275），善书法，诗画清劲，为时人所称。据陆行直《清平乐·重题碧梧苍石图》序言中说，他的好友张叔夏曾赠送他一首《清平乐》词，词中也谈及她家的歌妓卿卿，词曰：

辽金元词

候虫凄断。人语西风岸。月落沙平流水漫。惊见芦花来雁。

可怜瘦损兰成。多情因为卿卿。只有一枝梧叶。不知多少秋声。

张叔夏赠送给他这首词后，陆行直于至治元年夏根据张叔夏的词意画了一幅《碧梧苍石图》，用来纪念。不想21年后，陆行直重新看这幅图时，张叔夏、卿卿都已经去世了，觉得当时之事好像隔世一般，于是在这幅画的前面写了《清平乐·重题碧梧苍石图》，用来抒发内心的感慨。词曰：

楚天云断。人隔潇湘岸。往事悠悠江水漫。怕听楼前新雁。

深闺旧梦还成。梦中独记怜卿。依均相思碎语，夜凉桐叶声声。

词的上片主要抒发了张叔夏、卿卿已经去世，词人思念深切的思想感情。下片主要抒发了张叔夏对家中歌妓卿卿的思念之情。词的意境清幽，感情凄凉，语言优美。

其他人的题画词也都是在画作的基础上，根据张叔夏词意及陆行直与卿卿的故事而作。这些词在意象的选取、意境的构筑上基本一致。这些词作放在一起，可谓是元代生动的"组词"，也为后来同题作文提供了借鉴。像这样的组词、组诗在历史上早就有。"组诗"出现的较早，是指由表现同一主题的若干首诗所组成的一组诗，每首诗相对完整和独立，但是每首诗与其他诗之间又有内在的感情联系，每首诗和组诗内的其他诗都成排比列式，格式相同或相近。但是历史上的组诗大多数是由同一作家完成的，比如陶渊明的《饮酒》诗20首。组词的情况和组诗类似，以同一作家组词较多。题在陆行直《碧梧苍石图》上的16首词，都用同一词牌《清平乐》完成，并且都围绕陆行直和卿卿之关系来构词，词的意境也都相似。由不同作家来完成同一主题的词，这在"组词"史上也是比较少见的。

画上题词的这些词作者大多数生卒年月不详，需要注意的是徐再思。徐再思，字德可，元代散曲作家，浙江嘉兴人，曾任嘉兴路吏。因喜食甘饴，故号甜斋。生卒年不详，与贯云石为同时代人，今存所作散曲小令约100首。作品与当时自号酸斋的贯云石齐名，称为"酸甜乐府"。后人任讷又将二人散曲合为一编，世称《酸甜乐府》，收有小令103首。与其他人的《题碧梧苍石图》相比，徐再思的词悲情意味并不是很浓，只是在词中表达了对卿卿离世的遗憾之情：

西风吹断。帆迥浔阳岸。水影碧涵天影漫。倒印片云孤雁。

琵琶旧谱新成。舟中应有苏卿。愁耳不堪重听,声声又复声声。

　　和徐再思齐名的贯云石(1286—1324),原名小云石海涯,元朝维吾尔人,精通汉文,著名诗人、散文作家。根据蒋一葵《尧山堂外纪》的记载,贯云石的父亲名为"贯只哥",所以他以"贯"作为他的氏,自号"酸斋"。贯云石做过翰林学士,深受汉族的思想与文学的影响,爱慕江南风物,憧憬恬静闲适的生活,后辞官不做,隐居江南,改名"易服",在钱塘卖药为生,自号"芦花道人"。他善作散曲。

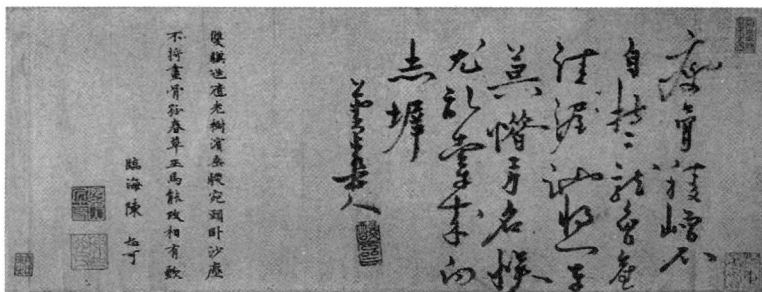

贯云石书法,题赵孟頫《双骏图》

据传他所创的曲调,传给浙江澉浦杨氏,后称为"海盐腔",流传至明代,为"昆腔"的先驱。贯云石的伯父忽失海涯、父亲贯只哥都托庇祖荫,先后在南方担任军政要职。贯云石幼年,一直生活在大都,受着良好而又特殊的教育。贯云石的母亲廉氏是精通汉学的维吾尔族名儒廉希闵的女儿。她的一位叔父廉希宪曾任宰相,被世祖称为"廉孟子";另一位叔父廉希贡则是著名的书法家。贯云石自幼就常随母亲住在廉家的别墅"廉园"里修文习武,尤其是园内有两万多卷藏书,使贯云石从小就受到了丰富的汉民族文化的熏陶与严格训练,既有"善骑射、工马槊"的维吾尔气质,又能"折节读书,目五行下",为他以后用汉文写作打下了扎实的基础。贯云石一生具有传奇色彩。他文武双全,书法、诗词曲都擅长,放弃高官厚禄,寄情自然,追求闲逸。据说他辞官后,有一次经过梁山泊,见一渔翁在织芦花被,他很感兴趣,要用自己的绸被来跟渔翁交换。渔翁觉得很好笑,看他像个文人,便让他写一首诗来交换,贯云石提笔而就,名字就叫《芦花被》:

采得芦花不浣尘,翠蓑聊复藉为茵。

西风刮梦秋无际,夜月生香雪满身。

毛骨已随天地老,声名不让古今贫。

青绫莫为鸳鸯妒,欸乃声中别有春。

贯云石的词作流传下来的较少,《全金元词》只收录三首。其中《水龙吟》颇能体现他的个性特征:

晚来碧海风沉,满楼明月留人住。琼花香外,玉笙登高懒,且平底过重阳。风雨又何妨。问牛山悲泪又何苦,龙山佳会又何狂。笑渊明,便归去,又何忙。

也休说、玉堂金马乐。也休说、竹篱茅舍恶。花与酒,一般香。西风莫放秋容老,时时留待客徜徉。便百年,浑是醉,几千场。

一说便俗

——倪瓒《柳梢青》

倪瓒（1301—1374），元代画家、诗人。初名珽，字泰宇，后字元镇，号云林子、荆蛮民、幻霞子等，江苏无锡人。博学好古，喜交游，四方名士常至其门。元顺帝至正初，忽然散尽家财，浪迹太湖一带。作为画家，他擅画山水、墨竹，师法董源，受赵孟𫖯影响颇深。早年画风清润，晚年变法，平淡天真。疏林坡岸，幽秀旷逸，笔简意远，惜墨如金。以侧锋干笔作皴，名为"折带皴"。墨竹偃仰有姿，寥寥数笔，逸气横生。书法从隶入，有晋人风度，亦擅诗文。与黄公望、王蒙、吴镇合称"元四家"。存世作品有《渔庄秋霁图》《六君子图》《容膝斋图》等，著作有《清闷阁集》。

倪瓒像

倪瓒祖父为当地富豪，倪瓒早年丧父，弟兄三人，同父异母长兄倪昭奎，字文光，是当时道教的上层人物，曾"宣受常州路道录""提点杭州路开元宫事""赐号元素神应崇道法师，为主持提点"，又"特赐真人号，为玄中文洁真白真人"。二哥（同胞）倪子瑛。在元代，道教的上层人物地位很高，有种种特权，既无劳役赋税之苦，又无官场倾轧之累，反而有额外的生财之道。

倪瓒从小得长兄抚养，生活极为舒适，无忧无虑，倪昭奎又为他请来同乡"真人"王仁辅为家庭教师。倪瓒受到这样的家庭影响和教育，养成了他不同寻常的生活态度，清高孤傲，洁身自好，不问政治，不愿管理生产，自称"懒瓒"，亦号"倪迂"，常年浸习于诗文诗画之中，和儒家的入世理想迥异，故而一生未仕。

倪瓒有洁癖，他的衣服、头巾每天都要洗好多遍，他的厕所叫"香厕"，是一座空中楼阁，用香木搭好格子，下面填土，中间铺着洁白的鹅毛，"凡便下，则鹅毛起覆之，不闻有秽气也"。洁癖和孤高使倪瓒激怒了敌人，也失去了好多

朋友。

他的文房四宝有两个佣人专门负责经营,随时擦洗。院里的梧桐树,也要命人每日早晚挑水揩洗干净。一日,他的一个好朋友来访,夜宿家中。因怕朋友不干净,一夜之间,竟亲起视察三四次。忽听朋友咳嗽一声,于是担心得一宿未眠。及至天亮,便命佣人寻找朋友吐的痰在哪里。佣人找遍每个角落也没见痰的痕迹,又怕挨骂,只好找了一片树叶,稍微有点脏的痕迹,送到他面前,说就在这里。他斜睨了一眼,便厌恶地闭上眼睛,捂住鼻子,叫佣人送到三里外丢掉。

因他太爱干净,所以少近女色。但有一次,他忽然看中了一位姓赵的歌姬,于是带回别墅留宿。但又怕她不清洁,先叫她好好洗个澡,洗毕上床,用手从头摸到脚,边摸边闻,始终觉得哪里不干净,要她再洗,洗了再摸再闻,还不放心,又洗。洗来洗去,天已亮了,只好作罢。后来他因故入狱,到吃饭的时候,却让狱卒把碗举到眉毛那样高,狱卒问他为什么,他说:"怕你的唾沫喷到饭里。"狱卒大怒,把他锁到马桶旁边,后经人求情方得释放。

倪瓒好饮茶,特制"清泉白石茶",赵行恕慕名而来,倪瓒用自制的好茶来招待他。赵行恕却觉得此茶不怎样。倪瓒生气道:"吾以子为王孙,故出此品,乃略不知风味,真俗物也。"遂与之绝交。

元泰定五年(1328),长兄倪昭奎突然病故。继之,母邵氏和老师王仁辅相继去世,使倪瓒悲伤不已。他原来依靠其长兄享受的特权,随之沦丧殆尽,倪瓒变成了一般的儒户,家庭经济日渐窘困,他怀着忧伤的情绪,自作述怀诗,详述了当时自己痛苦的环境。

从元至正十三年(1353)到他去世的20年里,倪瓒漫游太湖四周。他行踪漂泊无定,以诗画自娱,足迹遍及江阴、宜兴、常州、吴江、湖州、嘉兴、松江一带。这时期,也是倪瓒绘画的鼎盛期。他对太湖清幽秀丽的山光水色细心观察,领会其特点,加以集中、提炼、概括,创造了新的构图形式,新的笔墨技法,因而逐步形成新的艺术风格。

元至正二十三年九月十八日(1363年10月25日),其妻蒋氏病死,倪瓒受到很大的打击。长子早丧,次子不孝,生活越觉孤苦无依,内心烦恼苦闷,无所适从。明初,朱元璋曾召倪瓒进京供职,他坚辞不赴。明洪武五年五月二十七日(1372年6月28日)作《题彦真屋》诗云:"只傍清水不染尘",表示不愿做官。他在画上题诗书款只写甲子纪年,不用洪武纪年。

辽金元词

明洪武七年（1374），倪瓒在江阴长泾借寓姻戚邹氏家，中秋之夜，他身染脾疾，便到契友名医夏颧家就医，夏筑停云轩以居之。倪瓒一病不起，于阴历十一月十一日（12月14日）死于夏府，享年74岁。

倪瓒词流传下来的不多，据唐圭璋编《全金元词》，收录倪瓒词17首。较为有名的是他的《柳梢青》词：

> 楼上玉笙吹彻，白露冷飞琼佩玦。黛浅合鬒，香残栖梦，子规啼月。
>
> 扬州往事荒凉，有多少愁萦思结。燕语空津，鸥盟寒渚，画兰飘雪。

据倪瓒词序，这首词乃是写给一个叫琼英的歌姬的。据清张宗楠的《辍耕录》载：

> 云林有洁癖，一日，眷歌姬赵买儿，留宿别业中，心疑其不洁，俾之浴。既登榻，以手自顶至踵，且扪且嗅。复俾浴，凡再三。东方既白，不复作巫山之梦。阅之真令人绝倒。今读是词，又复眷恋若是，岂情之所钟，独在小琼英，而于买儿之横陈，果视如嚼蜡耶？

倪瓒《墨竹图》

倪瓒有洁癖，但是对琼英却大为欣赏，可见琼英的高洁。又据《语林》载，倪瓒居住的地方，有个阁叫"清閟阁"，该阁幽迥绝尘，里面藏书数千卷，都是他亲手校订的，倪瓒每天都要抽出时间在阁中读书。阁中放置有古鼎彝名琴，阁外种植有松桂兰竹之属。每当雨过天晴时，倪瓒就拄着拐杖，悠闲地在阁外密林中散步，边走边唱。当时人们都说他是世外高人。他的阁中不是他邀请的客人，一般是进不去的。曾经有一个人要进朝上贡，刚好路过无锡。听说倪瓒的名气很大，想求见倪瓒，并以沉香百斤为见面礼。倪瓒叫人传话骗他说，倪瓒刚好到惠山饮泉去了，还是明天再来见吧。第二天，这个人又来求见，又叫人骗他说出去赏梅花了。这个人见没办法见到倪瓒，就在倪瓒家中徘徊不走。倪瓒就私下里让人把"云林堂"打开，把他领进去参观一下。云林堂陈设高雅别致，这个人感觉很惊奇，就问倪瓒家人说："听说倪瓒有清閟阁，不知能不能参观一下？"家人说，这个阁一般人是不能进去的，并且我的主人外出了，这次恐怕是不能进去参观了。这个人望着清閟阁拜了两次走了。

倪瓒《幽涧寒松图》

又有一次，张士诚的弟弟张士信听说倪瓒善于画画，就找人拿着绢和重金找倪瓒求画。倪瓒被惹怒了，说道："倪元镇不能为王门画师。"然后把绢撕裂了。一天，张士信与诸文士游太湖，闻到一个小舟中有异香。张士信说："此必一胜流。"急忙将船靠近小船，发现里面坐的是倪瓒。张士信大怒，要杀了倪瓒，众人极力劝阻，虽没有杀倪瓒，但还是打了倪瓒好多鞭子。在张士信的鞭子下，倪瓒一语不发。后来有人问倪瓒："你被张士信羞辱而一语不发，这是为什么呢？"倪瓒回答只有四个字："一说便俗。"

辽金元词

四面青山青似洗,白云不断山中起

——顾德辉《蝶恋花》词戏郯云台

顾德辉(1310—1369),一名阿瑛,字仲瑛,昆山人,举茂才,署会稽教谕,辟行省属官,皆不就。至正末,以子恩封武略将军、飞骑尉,钱塘县男,著有《玉山草堂集》。

顾德辉家很富有,但是他轻财好客,喜欢购买古法书、名画、彝鼎秘玩,在茜泾西又建筑了一处别墅,题曰:"玉山佳处。"顾德辉经常与朋友在别墅中饮酒赋诗,元末很多有名的文士都与他有交往,像河东张翥、会稽杨维桢、天台柯久思、永嘉李孝光,方外张伯雨、于彦成、琦元璞等,都曾到别墅中与他一起饮酒赋诗。他家的园池构建极有情趣,所藏书画也很多,并且别墅中还有很多有名的歌姬,才情妙丽,与诸人略相酬对,风流文雅著称东南。顾德辉晚年的时候,因阅读佛书而有所感悟,于是就"祝发",也即削发为僧,称金粟道人。并自题其像说:"儒衣僧帽道人鞋,天下青山骨可埋。若说向时豪侠处,武陵衣马洛阳街。"时人都很赞赏他的旷达豪迈。

顾德辉的词作流传下来的不多,大概只有四首,且都和他在"玉山佳处"别墅游玩有关。这流传下来的四首词中,竟有两首谈到了他的一个好友郯云台。《青玉案》是顾德辉怀念好友于彦成所作的词:

> 春寒侧侧春阴薄。整半月,春萧索。旭日朝来升屋角。树头幽鸟,对调新语,语罢双飞却。
>
> 红入花腮青入萼。尽不爽花期约。可恨狂风空做恶。晓来一阵,晚来一阵,难道都吹落。

该词序中说:"彦成以他故去,作此怀之。"彦成姓于,名立,号虚白子,学道会稽山中,与顾德辉是好朋友,常在他的别墅中诗词作乐。于彦成因事离去,顾德辉

很有些不舍,作词以怀念。

《清平乐》词是因与桐花道人在别墅雅宴,听他奏乐后,和桐花道人而作的:

> 凤箫声度。十二瑶台暮。开遍琼花千万树。才入谢家诗句。
>
> 仙人酌我流霞。梦中知在谁家。酒醒休扶上马,为君一洗筝琶。

顾德辉在词序中说:"桐花道人吴国良雪中自云林来,持所制桐花烟见遗。留玉山中数日,今日始晴,相与同坐雪巢,以铜博山,焚古龙涎,酌雪水,烹藤茶,出万壑雷琴,听清癯生陈维允弹石泉流水调,道人复以碧玉箫作清平乐,虚室生白,尘影不动,清思不能已已。道人出所携卷索和民瞻石先生所制清平乐词,予遂以紫玉池试想花烟,书以赠之,且邀座客郯云台同和,时至正十年腊月二十二日也。"顾德辉为桐花道人的《清平乐》音乐所感染,自己也和了一首,并且还要请郯云台也和一首,可见对《清平乐》音乐的印象之深,也可以看出郯云台为顾德辉别墅的座中常客。

顾德辉最为人称道的词仍和郯云台有关系,那就是他戏笑郯云台的《蝶恋花》词:

> 春江暖涨桃花水。画舫珠帘,载酒东风里。四面青山青似洗。白云不断山中起。
>
> 过眼韶华浑有几。玉手佳人,笑把琵琶理。枉杀云台标外史。断肠只合江州死。

清沈雄《古今词话》载:

> 顾阿瑛好游,每出,必以笔墨自随。往来九峰遁浦间,自称金粟后身。一日,游支硎山,饮于张氏楼,口占《蝶恋花》戏郯云台云云。一时争传唱之。

顾德辉也在词序中说:"三月二十日,陈浩然招游观音山,宴张氏楼,徐姬楚兰佐酒,以琵琶度曲,郯云台为之心醉,口占。"其实是郯云台为歌姬的琵琶曲迷住了,顾德辉故意将他说成是被歌姬迷住了,给郯云台开了个玩笑。词首句交代

辽金元词

了春天美丽的景象,早春时节,江水初涨,桃花开放,水流桃花。接着两句写他们坐着彩船,乘着东风,喝酒游玩。接着,描写了远处的自然风光,这两句景色描写极为传神,也是这首词的经典之句。"四面青山青似洗,白云不断山中起",这两句环境描写自然传神,他们游玩的周围都是青山,春天的青山青得像被洗过一样;山中云雾不断升起,远看就像白云从山中升起一样,"青"与"白"的对比,画面感很强。词的上片描写了事件发生的时间、地点、环境,为下片做了很好的铺垫。下片拖出了"玉手佳人",并且她还弹奏着动人的琵琶,美人加美乐,迷倒了郯云台。然而细想,又何止迷倒了郯云台一人呢?顾德辉只是和郯云台开玩笑而已。但这首词却被争相传唱,追其原因不外乎几点:一是词本身写得真好;二是因顾德辉乃当时名人,词作自然有影响;三是词为戏郯云台之作,传唱具有典故价值。

辽金元词

故事中的元代词

元代少数民族词人

辽金元词

元代疆域辽阔,各民族之间的文化交流也更为深广。不少少数民族有才之士具有较高汉文化修养,因此,元代出现了一批少数民族词人,像契丹人耶律楚材、耶律铸,回族司马昂夫、萨都刺,高丽人李齐贤等,都有较高的汉文化修养。作为一个特殊群体,他们的词作也颇具特色,值得研究。

江山王气空千劫，桃李春风又一年

——耶律楚材《鹧鸪天·题七真洞》

耶律楚材（1190—1244），字晋卿，号玉泉老人，法号湛然居士，契丹人。出身于契丹贵族家庭，是辽太祖耶律阿保机的九世孙。生于燕京（今北京），时为金章宗明昌元年（1190）。他三岁丧父，随母杨氏定居义州弘政（今锦州义县），十二岁入闾山显州书院，通晓天文、地理、律历、术数及佛道、医卜等多门学问。他的父亲耶律履是金国显相，很受金国器重。耶律楚材的名字是他父亲依据《左传》"楚虽有材，晋实用之"而来的，起名"楚材"，字"晋卿"。他的母亲杨氏颇有家学，因而耶律楚材小时候就受到了良好的儒家文化教育，并且酷爱学习，他的家乡玉泉山华岩殿后面有一个七真洞，在这个洞中的石壁上，就刻有他少年时写作的词。他写过一首诗《再和世荣二十韵寄薛玄之》回忆他小时候的学习情况：

耶律楚材像

> 尚记承平日，为学体自强。
>
> 经书兴我志，功业逼人忙。

按照金国的惯例，宰相一级官员的孩子可以只参加一次例行考试，即可以进入尚书省，但耶律楚材不愿意借助父荫，而是要自己参加科举考试，用自己的实力来入仕。在他17岁那年，他参加了科举考试，命中第一，顺利进入了尚书省，当了属官。然而他的才能在金国并没有机会得到很好的发挥。不断兴起的蒙古汗国一步步向金国逼近，金章宗去世，新王完颜永济昏庸无能，给蒙古汗国的兴起带来了更大的机遇。成吉思汗有一次在边境上看见了完颜永济,从内心瞧不起,说道:"中原皇帝是天上人做的,永济这种昏庸无能之辈也配做吗?我为什么要向他朝拜呢?"于是决定对金国发起攻击。从元太祖六年(1211)到元太祖十年(1215)短短五年的时间,蒙古军队先后攻克了金国所属的河北、山西、山东、辽西、辽东等大片土地,并很快攻占了金国的中都燕京。在这种政治背景下,耶律楚材对大局无能为力,只能眼睁睁地看着金国一步步走向灭亡,他的内心当然是痛苦的。在燕京被围的日子里,他一方面坚守,另一方面又积极寻求内心的解脱。当时佛教盛行,燕京也不例外。在此期间,他结识了澄公和尚,想学习佛法。澄公和尚向他推荐了德高望重的万松老人,就这样,27岁的耶律楚材在报恩寺谒见了万松老人,万松老人收他为俗家弟子,送他法号为"湛然居士"。在万松老人的教导下,耶律楚材的佛学修养有了很大的进步。

攻陷中都后,成吉思汗继续利用蒙古人与契丹人族源相近的有利条件,采取联合契丹人的政策,以完成他更大的宏愿。他派专人到中都访求贤才,得知耶律楚材天文、历法、地理、法律、术数以及儒、佛、道、医、卜(算卦),样样精通,并且多才多艺,会写诗、弹琴,便下诏书急切地想见到他。此时的耶律楚材虽迷恋于佛法,但由于儒家思想还是占据主流,所以他还是愿意积极入世。他经过近几年对金朝、南宋、蒙古汗国三方力量的细心观察,觉得金国的灭亡已经不可避免,南宋政权也软弱无能,成吉思汗统一全国的可能性很大。他入仕元朝的思想得到了母亲的支持,于是他告别家人,去成吉思汗行宫求见。成吉思汗见了耶律楚材很高兴,一方面听说他多才多识,另一方面耶律楚材身高八尺、美髯垂胸,气度非凡,成吉思汗说:"你祖先建立的辽国被金国所灭,辽与金是世代仇敌,现在我已经替你把仇报了。"耶律楚材答道:"我和我的祖父、父亲都做过金国的官,既然是臣子,怎能心怀二心,仇视金国呢。"成吉思汗听了以后不但没有生气,反而很欣赏他的品格。成吉思汗把他留在身边整理文书并作顾问,还亲昵地称他为"吾图撒合里"。在蒙古语中,"吾图"的意思是"长"的意思,"撒合里"的意思是"髯""胡子",连起来意思是"大胡子"。之后,耶律楚材跟随成吉思汗征讨西域,并在西域结识了全真道人丘处机。丘处机曾直截了当地对耶律楚材说:"我早就听说你尊崇佛教,而佛、道两家历来是互相攻击、猜忌的,所以我原以为不能与你很好地交往合作,今天看来却不是那么一回事,你真是一个通情达理有见识的人啊!"耶律楚材听罢委婉地回答说:"儒、佛、道三教在中国流行已很久远了,孰尊孰卑,汉唐以来早有定论,我们为何不能很好地交往合作!"

辽金元词

以后,他们二人经常在一起游玩,写诗唱和,品茶长谈,成为一时佳话。他俩的唱和诗作不少收在丘处机弟子李志常所撰的《长春真人西游记》和耶律楚材的《湛然居士文集》中,这些唱和诗有的是他们同游西域河时交流感情、抒发志趣之作,有的是对西行旅途的追忆,为后世留下了不少文学佳品。

耶律楚材的词流传下来的只有一首,是他少时游玩"七真洞"时在洞中墙壁上所题写的《鹧鸪天》:

> 花界倾颓事已迁。浩歌遥望意茫然。江山王气空千劫,桃李春风又一年。
> 横翠嶂,架寒烟。野花平碧怨啼鹃。不知何限人间梦,并触沉思到酒边。

"七真"是道教祖师茅盈等七人的合称。唐陆龟蒙《和江南道中怀茅山广文南阳博士》诗有"一片轻帆背斜阳,望三峰拜七真堂"之句,并自注说:"三茅、二许、一杨、一郭,是为七真。"清况周颐《蕙风词话》卷三说:"耶律文正《鹧鸪天》歇拍'不知何限人间梦,并触沉思到酒边',高浑之至,淡而近于穆矣,庶几合苏(轼)之清、辛(弃疾)之健而一之。"耶律楚材在文学方面以诗歌著称,但是这首他少年时所作的词,也堪称元词中的佳作。

辽金元词

人生适意无南北,相逢何必曾相识

——耶律铸赠兰兰的词《忆秦娥》

1998 年,耶律铸夫妇合葬墓在颐和园昆明湖东岸的耶律楚材家族墓地内被发现,这是北京地区近年来发现的规模最大、等级最高的元代墓葬。该墓为大型多室砖墓,由墓道、墓门、前室及东西侧室、后室及东西侧室组成,每室各葬一人。此墓早期被盗,但出土器物仍十分丰富,包括瓷器、陶器、银器、石器及装饰品等,共计 180 余件。其中,青白釉高足碗、影青玉壶春瓶、影青双鱼盘、汉白玉石马、石狗等均堪称元代文物精品。在墓道中发现了耶律铸及其夫人奇渥温氏的墓志两方。耶律铸墓志,汉白玉石质,志身为长方形圆额,下部有汉白玉石基座。志额篆刻"故

耶律铸墓志铭

中书左丞相耶律公墓志铭"。志文为正书,共 27 行,每行 3 至 41 字不等,是了解研究耶律铸本人、家庭和家族世系的重要史料。尽管这些出土资料可以对史料进行补充,但是有关耶律铸的资料并不是很多,对其研究也较为困难。

耶律铸(1221—1285),字成仲,契丹人,是耶律楚材的儿子。幼聪敏,善属文,尤工骑射。耶律楚材去世后,嗣领中书省事,时年 23 岁。曾经采集历代德政合于时宜者 81 章进献皇帝。蒙古蒙哥汗(元宪宗)八年(1258),从驾伐宋蜀地,屡出奇计,立下不少功勋。蒙哥汗去世后,其幼弟阿里不哥与其兄忽必烈争位,

辽金元词

耶律铸抛弃妻子和孩子，投奔了忽必烈。忽必烈称赞他忠诚。中统、至元间，三入中书为左丞相，定法令，制定雅乐，受到人们的称赞。至元二十年（1283），因事受到牵连，被罢官，没收了一半家产，并被迁徙到山后（今山西、河北内外长城之间），迁徙后两年他就去世了。文宗至顺元年（1330），追赠太师、懿宁王，谥文忠，有《双溪醉隐集》流传于世，其词作仅传有8首。

　　由于史料较少，耶律铸的交游很难考证。但通过他的《忆秦娥》，我们可以知道他和前朝一个叫兰兰的宫女的故事。

　　恨凝积，佳人薄命尤堪惜。尤堪惜，事如春梦，了无遗迹。

　　人生适意无南北，相逢何必曾相识？曾相识，恍疑犹览，内家图籍。

据耶律铸在《忆秦娥》序言中说，该词是赠送前朝宫人琵琶色兰兰的词。"色"是古代教坊乐工的分类。宋吴自牧《梦梁录》卷二十"伎乐"载："散乐传学教坊十三部，唯以杂剧为正色。……色有歌板色、琵琶色、筝色、方响色、笙色、龙笛色、头管色、舞旋色、杂剧色、参军等色。"兰兰是金朝教坊"琵琶色"中弹唱琵琶的一名宫女。金灭亡后，她也流落天涯，漂泊不定，生活凄苦。耶律铸听了她的琵琶弹唱前朝旧事之后，无限感慨，于是写词赠送给她。或许耶律铸和兰兰也就这一面之缘，但因耶律铸父亲耶律楚材曾在金朝任过高官，金灭亡后又仕元朝，耶律铸也和其父亲一样，经历了由金入元的历史沧桑，一方面他对金国的旧事很熟悉，另一方面听了兰兰的弹唱后，引起了他的共鸣，又联想兰兰的身世，不由得产生怜悯之情，于是写词相赠。词中既表达了对兰兰命运的安慰，又表达了对兰兰身世的怜悯和惋惜之情。词引用唐代白居易《琵琶行》中的诗句："同是天涯沦落人，相逢何必曾相识？"借以表达自己和兰兰有共同的思想基础，同时也是对兰兰的一种安慰。词最后一句"曾相识，恍疑犹览，内家图籍"，将耶律铸听兰兰弹琵琶唱前朝旧事的心情淋漓尽致地表达了出来，由于他很熟悉前朝旧事，所以听兰兰的弹唱有种"曾相识"的感觉，又因兰兰所唱都是"曾相识"的旧事，所以听着听着，怀疑自己是在浏览内宫的图画和书籍。这里耶律铸运用了"通感"的修辞手法，巧妙地将听觉转换为视觉和感觉，收到了较好的艺术效果。

一丝杨柳千丝恨，三分春色二分休
——司马昂夫《最高楼》

　　司马昂夫（1217？—1350？），名超吾，号九皋，回族人，有的说是维吾尔族人，汉姓马，亦称薛昂夫。出身官宦之家，父亲做过御史大夫。他曾任江西行中书省令史，后官至池州路总管、衢州路（今浙江衢州一带）达鲁花赤。晚年因不满腐败政治，辞官居杭州西湖。善篆书，有诗名，曾与杨载、虞集、萨都剌等相唱和，存词三首，见元凤林书院《名儒草堂诗余》。司马昂夫出生于贵族之家，其先祖居西域，后内迁，祖辈做过元朝的大官。司马昂夫以诗词著称，元人王德渊说："今观集中诗词，新严飘逸，如龙驹奋迅，有并驱八骏，一日千里之想，振珂顿辔，未见其止。"（《薛昂夫诗集序》）赵孟頫说："吾观薛昂夫之诗……皆激越慷慨，流丽闲婉。"（《薛昂夫诗集序》）朱权说："薛昂夫之词如雪窗翠竹。"（《太和正音谱》）薛昂夫作为一个少数民族词曲作家，在元朝文学中是颇有影响的。

　　司马昂夫在作衢州路总管时，萨都剌从杭州到过绍兴、金华、处州、衢州等地，应司马昂夫之请而作了一首《三衢马太守昂夫索题烂柯山石桥》：

洞口龙眠紫气多，登临聊和采芝歌。

烂柯仙子何年去，鞭石神人此处过。

乌鹊横空秋有影，银河垂地水无波。

遥知题柱凌云客，天近应闻织女梭。

烂柯山在衢州南二十里，道家称此山为青霞第八洞天，所以又名石室山。传说晋代王质入山砍柴，发现两个儿童在石桥下下棋，他放下斧子在一旁观看。等棋下完了，儿童指着他的斧子说，柯烂了。王质回到家里，已经过了一百多年了。此诗萨都剌应司马昂夫而作，想象高远，具有浓厚的浪漫主义色彩。诗中的"烂柯仙子"即是说王质入山见到下棋的两个儿童的典故。"鞭石神人"也是一

个典故。传说秦始皇要渡海去看日出的地方,先造石桥,有神人赶石头下海,石头走不快,神人用鞭子抽打石头,石头皆流血,全都变成了红色。接下来又引用了牛郎、织女的故事。"题柱凌云客"指的是古代文人题词于柱的故事,如司马相如过升仙桥曾题词说:"不乘高车驷马,不过此桥。"后以"凌云客"比喻志向高远的人。该诗运用典故,颇具浪漫色彩。萨都剌与司马昂夫关系密切,二人的诗词唱和为人所称赞。萨都剌有一首《和马昂夫登楼有感》:

> 依遍阑干忆往年,南朝民物已萧然。
> 空会故国山如画,依旧长江浪拍天。
> 市井笙歌今渐少,御街灯火夜相连。
> 青青门外秦淮柳,几度飞花送客船。

在这首诗中,萨都剌表达了江南之地"物是人非"、民境萧条的历史感慨。萨都剌不但与司马昂夫进行诗词唱和,并且对司马昂夫的才气也是很赞赏的,他的《寄马昂夫总管》中将司马昂夫比为晚唐著名诗人薛能,对司马昂夫评价很高。诗曰:

> 衢州太守文章伯,酒渴时敲玉井冰。
> 径造竹林望是客,横拖藜杖去寻僧。
> 人传绝句工唐体,自恐前生是薛能。
> 日暮江东怀李白,凤凰台上几回登。

虞集与司马昂夫也有过诗词唱和,他给司马昂夫写过《寄答马昂夫总管》一诗:

> 白发先朝旧从官,几年南郡尚盘桓。
> 九华山里题诗遍,采石江头酒量宽。
> 雁到京城还日莫,马怀余栈又春残。
> 何时得共鸣皋鹤,八月匡庐散羽翰。

司马昂夫精通汉文化,他曾拜著名诗人刘辰翁为师。刘辰翁为南宋遗民,他能收司马昂夫为徒,可见他对司马昂夫的赏识。刘辰翁是儒学名士,他入元不仕,有极强的民族气节。司马昂夫也受到他的影响,这在他的作品中有一定的体现。司马昂夫一生游历非常广泛,足迹涉及安徽、江苏、浙江等地。他对仕途失望之后,放弃了官场的奔波,定居西湖畔以寻求清幽的生活。他的最终抉择也可能受到了刘辰翁的影响。退出官场后,司马昂夫生活更加自在,过着诗酒唱和的生活。除了和杨载、萨都剌、虞集等人交往外,他还和张可久交往很密切。张可久在一首散曲[越调]柳营曲《湖上》中记叙了二人的交往:

> 歌念奴,和昂夫,西风画船同笑语。水竹幽居,金碧浮图,倒影浸冰壶。山翁醉插茱萸,仙姬笑捻芙蕖。舞阑双鹧鸪,饮尽一葫芦。都,分韵赋西湖。

司马昂夫也写曲[中吕]山坡羊《忆旧》表达了这段惬意的生活:

> 西山东畔,西湖南畔,醉归款段松阴惯。帽檐偏,氅衣宽,佳人争卷朱帘看。回首少年如梦残。莺,曾过眼;花,曾过眼。

由于司马昂夫词与诗在流传过程中遗失较多,所以他的文学成就主要以曲著称。现存他的散曲凡小令65首、套曲3首、残小令1首,堪称散曲大家。他对汉文化有着高深的造诣,深谙历史典故,因此,他的散曲中"咏史"成为一项重要内容。

司马昂夫的词作流传下来的只有三首,其中有两首《最高楼》。张可久曾把司马昂夫和苏轼做比较,认为他的词豪放洒脱,在这两首《最高楼》里,我们既可以感受他的词风的豪放不羁与洒脱,又可以感受他词作的缠绵温柔。《最高楼·九日》用豪放的手法,表达了洒脱的人生态度:

> 登高楼,且平地过重阳,风雨又何妨?问牛山悲泪何苦,龙山佳会何狂?笑渊明,便归去,又何忙?
>
> 也休说,玉堂金马乐。也休说,竹篱茅舍恶。花与酒,一般香。西风莫放秋客老,时时留待客徜徉。便百年,浑日醉,几千场。

词的上片表达了无所谓的人生态度,也即要过"不忙"、悠闲的生活。下片同上

辽金元词

·119·

片一样,也运用对比手法,表达了愿意"浑日醉"的洒脱。《最高楼·暮春》是一首闺怨词:

> 花信紧,二十四番愁。风雨五更头。侵阶苔藓宜罗袜,逗衣梅润试香篝。绿窗闲,人梦觉,鸟声幽。
>
> 按银筝,学弄相思调。写幽情,恨杀知音少。向何处,说风流! 一丝杨柳千丝恨,三分春色二分休。落花中,流水里,两悠悠。

这首词写闺愁,词风缠绵温柔。上片描写暮春时节女主人公在闷人天气里生活无聊的情状;下片刻画了她内心苦闷、无有知音、落寞惆怅的心情。词中"一丝杨柳千丝恨,三分春色二分休"两句将女主人公在暮春的心情描写得淋漓尽致。"三分春色二分休"语出叶清臣《贺圣朝》"三分春色二分愁"句,亦或许该句来源于苏轼《水龙吟》"春色三分,二分尘土,一分流水"句,总之司马昂夫该句是对前人词句的加工,加工之后成为一幅词中对联,妙趣横生。

辽金元词

伤心千古，秦淮一片月

——萨都剌《念奴娇》

萨都剌（1272—？），字天锡，号直斋，回族人。也有说他是蒙古族、维吾尔族、汉族，观点不一。他的祖上世代镇守云、代（今山西大同、代县一带），遂为雁门（今代县一带）人。元泰定四年（1327）中进士，历官京口（今江苏镇江）录事长、南行台掾、御史台架阁官、闽海廉访知事、河北廉访经历等。曾因弹劾权贵而降职，好游玩山水，曾经登司空山（在今安徽太湖）太白台，感叹道："此老真山水精也。"于是结庐其下。年80岁左右而卒，工诗词，有《雁门集》；亦善画，传世之作有《严陵钓台图》《梅雀图》，今藏在故宫博物院。

萨都剌在54岁之前没有进入仕途，家庭落魄到"家无田、囊无储"的地步。55岁时虽以三甲进士及第，但终其一生官职不过七品，因此，从仕途上看，他的一生是不得志的。萨都剌官职虽小，但调动却很频繁。他到过江苏镇江、南京、浙江杭州，福建，河北正定，河南开封，安徽合肥等地。他为官清正，每到一地，都想有所作为，造福一方百姓。他在镇江录事司任职时，曾开仓救济灾民，禁止巫蛊之术，移风易俗，在当地造成了不小的影响。《镇江府志》载：

> 萨都剌，天历元年授事司达鲁花赤，始至，设阛阓，制权衡，俾市物者各得其平。岁大祲，白太守发廪以赈，全活数十万人。俗尚巫，以祸福惑愚民，都剌捕治之。

元朝战争频繁，国家遭到很大的破坏与摧残，人民生活极其困苦。萨都剌忧国忧民，希望国家能够停止战争，人民过上幸福太平的生活，这在他的诗词作

萨都剌像

辽金元词

· 121 ·

品中有不少反映,如《题画马图》中有:"入为君王驾鼓车,出为将军净边野。将军与尔同生死,要令四海无战争,千古万古歌太平。"可见萨都刺对和平生活的渴望之情。

　　萨都刺特别热爱学习汉文化,他虽是将门之后,但是不喜欢南征北战的武将生活,而是舍弓马而习诗书。经过他的勤奋学习,他在诗、书、画上都有较高的造诣。在诗词创作上他是一个非常严谨的人,善于接受别人的批评和建议。萨都刺曾拜虞集为"一字之师"。萨都刺作的诗作《送笑隐住龙翔寺》中有"地湿厌闻天竺雨,月明来听景阳钟"两句,虞集认为诗虽好,但"闻"和"听"二字意思重复了。萨都刺见到虞集谈到了这首诗,虞集说唐诗有"林下老僧来看雨"的句子,不如把"厌闻"改为"厌看",这样意思既不重复,音韵上也更好一些。萨都刺欣然接受,遂拜虞集为一字师,一时传为美谈。萨都刺还曾作过一首《花山寺投壶》诗寄给虞集让他评点,诗曰:

> 落日花山寺,秋风铁瓮城。
>
> 居人欢讼简,稚子说官清。
>
> 系马岩花落,投壶野鸟惊。
>
> 兴阑山下路,相送晚钟鸣。

古人宴饮时设特制之壶,宾主依次拿箭往壶里投,中多者胜,输者喝酒,这种游戏称为投壶。这首诗就写了他在花山寺宴饮时的情形。虞集读了他的这首诗之后,也给他写了一首诗《寄丁卯进士萨都刺天锡》:

> 江山新诗好,亦知公事闲。
>
> 投壶深朱里,系马古松间。
>
> 夜月多临海,秋风或在山。
>
> 玉堂萧爽地,思尔佩珊珊。

萨都刺看了这首诗后,又回诗一首表达对虞集的仰慕之情。诗名《和虞伯生寄韵》:

> 白鬓眉山老,玉堂清昼闲。

声名满天下,翰墨落人间。

才俊贾太傅,行高元鲁山。

独怜江海客,尊酒夜阑珊。

　　萨都刺的词流传下来的有15首,数量不多,但成就较高,像《满江红·金陵怀古》《念奴娇·登石头城》《木兰花慢·彭城怀古》等吊古伤今之词,都是脍炙人口的作品,深受人们的喜爱。萨都刺的文学受到虞集的大力称赞:"大德中,文章辈出,赫然鸣其治平者则蒲城杨仲宏,江右范德机其人也。其后马伯庸中丞用意深刻,思考高逸,自成一家。而进士萨天锡者,最长于情,流丽清婉,作者深爱之。"干文传《雁门集序》中说萨都刺的作品是"豪放若天风海涛,鱼龙出没;险劲如泰华云开,苍翠孤耸立;其刚健清丽,则如淮阴出师,百战不折。"他的《念奴娇·登石头城》一词是"次东坡韵"而写成的。

　　石头城上,望天低吴楚,眼空无物。指点六朝形胜地,唯有青山如壁。蔽日旌旗,连云樯橹,白骨纷如雪。一江南北,消磨多少豪杰。

　　寂寞避暑离宫,东风辇路,芳草年年发。落日无人松迳里,鬼火高低明灭。歌舞尊前,繁华镜里,暗换青青发。伤心千古,秦淮一片明月。

他的这首词是怀古之作,写得气势恢宏,大有东坡之词风。尽管词风豪放,但透过此词我们仍能看出他对时光流逝、物是人非的感慨。他有一首诗《九日登石头城》,可以作为萨都刺写作此词时心情的注释:

九日吟鞭在石头,翠微高处依晴秋。

西风不定雁初度,落木无边江自流。

两眼欲穷天地观,一杯深护古今愁。

乌台宾主黄华宴,未必龙山是胜游。

　　至正六年(1346)九月九日,萨都刺与朋友在石头城登高宴饮,极目四望,在无边的秋色中,见到北雁南飞,落木纷纷,长江滚滚,想到自己壮志未酬,写此诗抒发自己"欲穷天地观"的抱负。这首诗正好作为他《念奴娇·登石头城》词的注释,将其内心世界展露无遗。

辽金元词

故事中的元代词

元代道教词

和金代道教词相比,元代道教词的文学艺术性要强得多。金代道教词以全真教词居多,而元代道教词要复杂的多,且在题材、表现手法、艺术风格上也比金代的丰富。

斜阳一抹，青山数点

——滕宾《鹊桥仙》

滕宾（生卒不详），一名斌，字玉霄，黄冈（今湖北黄冈）人，或云睢阳（今河南商丘）人。元武宗至大年间（1308—1311）任翰林学士，出为江西儒学提举。后辞官弃家入黄安（今湖北红安）天台山出家为道士，号涵虚子。平生风流蕴藉，飘逸不拘，好狂嬉狎酒，谈笑诙谐，泼弄文墨，被方回誉为"谪仙后身今李白"。工诗，擅词曲，尤以散曲出名。有《玉霄集》，另有词一卷传世，刘毓盘辑有《涵虚集》，唐圭璋《全金元词》辑录其词有十首。明杨慎《词品》评其词有"清绮"之风，"不减宋人之工"。

滕宾词较为著名的是《鹊桥仙》词。鹊桥仙这个词牌，又叫《鹊桥仙令》《金风玉露相逢曲》《广寒秋》。最初是歌咏牛郎织女在七夕借鹊桥相会故事的。但随着时间的推移，《鹊桥仙》的内容不再局限于歌咏牛郎织女的故事，而是有了更为宽泛的题材和内容。符合最初《鹊桥仙》意义的典型代表词作，是秦观的《鹊桥仙》：

辽金元词

　　纤云弄巧，飞星传恨，银汉迢迢暗度。　金风玉露一相逢，便胜却人间无数。

　　柔情似水，佳期如梦。忍顾鹊桥归路！　两情若是久长时，又岂在朝朝暮暮。

这首词叙述了牛郎织女的凄美爱情故事。上片首句交代牛郎、织女的现状，二人不能经常相会，相隔一条宽宽的银河，然而，在这种情况下，二人并没有放弃爱情，而是用流星来传递情感，将情感寄托于流星。这样的爱情，是天长地久的爱情，在上片最后，秦观称赞说，他们只要一相逢，便比人间多少美好的爱情还要美好，比人间多少坚贞的爱情还要坚贞。下片开首写牛郎、织女相会时的心

情。二人相会于鹊桥,织女柔情似水,二人缠绵不愿分开,但这只有一天的短暂相会,却又像是做梦一样,既真实又觉得不敢相信。相会又是分别的开始,短暂的相会之后又是漫长的等待。分开后,二人背对着背,都没有勇气再回头看一眼这鹊桥,害怕看一眼就会伤心欲绝,此时二人心中是痛苦的。面对爱情的悲剧,秦观并没有以悲剧结束,而是将爱情模式进行了升华,"两情若是久长时,又岂在朝朝暮暮",这句话是词的核心,也是很多分离两地不能长相厮守的人常常自我安慰的一句名言。秦观的这首词既歌咏七夕的故事,又在七夕故事的基础上,对牛郎织女的爱情有了超脱旷达的看法,主要歌咏了牛郎织女天长地久的爱情,歌咏了他们坚贞不渝的爱情。然而,同样的词牌,也有些作品不把牛郎、织女的爱情写得特别让人羡慕,反而把它写得很悲凉,具有悲剧意味。如范成大的《鹊桥仙》:

> 双星良夜,耕慵织懒,应被群仙相妒。娟娟月姊满眉颦,更无奈风姨吹雨。
>
> 相逢草草,争如休见,重搅别离心绪。新欢不抵旧愁多,倒添了新愁归去。

本词在艺术构思上很有特色。词作将牛郎织女的爱情描述成了悲剧,并以嫦娥、风姨的嫉妒做反衬,进一步深化牛郎织女之爱情悲剧。首句"双星良夜,耕慵织懒,应被群仙相妒",交代了时间是七夕这天,二人要相会了,牛郎懒得耕地,织女也懒得织布,鹊桥已经搭好,就只等相会了,但是他们的相会却被群仙妒忌,既点出了他们二人爱情的可贵,又铺垫了二人爱情的悲剧。东汉应劭的《风俗通》讲解了牛郎织女鹊桥相会的故事:"织女七夕当渡河,使鹊为桥。"传说牛郎、织女化作天上两颗星星,七夕这天两颗星星就靠在了一起,故这天又称双星节。"娟娟月姊满眉颦,更无奈风姨吹雨。"本来,他们相会是美好的事情,但这天月宫的嫦娥、风姨也起了妒忌的心,嫦娥皱起眉头,让月亮不那么明亮;风姨刮起了风,让相会的鹊桥不那么舒适,都对这对情侣的相会搞破坏。众多仙神的妒忌,给二人的爱情悲剧做了铺衬。下片将"柔情似水,佳期如梦"的相会情景一笔带过,更不写"忍顾鹊桥归路"的泪别场面,而是一步到位着力刻画牛郎织女的心态。这样短暂的相见,还不如不见,见了反而更加惆怅和悲苦。"新欢不抵旧愁多,倒添了新愁归去"。几千年来,牛郎织女的故事,不知感动过多

· 127 ·

辽金元词

少中国人。在吟咏牛郎织女的佳作中，范成大的这首《鹊桥仙》不是去描写二人相会的欢喜，而是描写二人见面后的离愁，可谓反其道而行之。和秦观词相比，范词重点强调别离的旧愁与新愁；旧愁未去，新愁又添，虽有新欢，却不抵思念愁苦。而秦词重点强调感情的坚贞与长久，虽然相逢短暂，但只要感情真挚，不在乎朝暮厮守。

但是，在创作《鹊桥仙》的过程中，随着时间的推移，慢慢地只是保留了《鹊桥仙》的音乐性，而在内容上却不一定是描写七夕故事的。如陆游的《鹊桥仙》：

> 一竿风月，一蓑烟雨，家在钓台西住。卖鱼生怕近城门，况肯到红尘深处？
>
> 潮生理棹，潮平系缆，潮落浩歌归去。时人错把比严光，我自是无名渔父。

陆游这首词只是用《鹊桥仙》的音乐来表达自己的心志。表面上是写渔父，实际上是咏怀之作。他写渔父的生活与心情，正是自己的生活与心情的写照。"一竿风月，一蓑烟雨"，是渔父的生活环境。"家在钓台西住"，这里借用了严光不应汉光武的征召，独自披羊裘钓于浙江富春江上的典故，用来喻渔父的心情近似严光。上片结句说，渔父虽以卖鱼为生，但是他远远地避开纷争的市场。卖鱼还生怕走近城门，当然就更不肯向红尘深处追逐名利了。以此来表现渔父并不热衷于追逐名利，只求悠闲、自在的心情。下片头三句写渔父在潮生时出去打鱼，在潮平时系缆，在潮落时归家。生活规律和自然规律相适应，并无分外之求，不像世俗中人那样沽名钓誉，利令智昏。最后两句承上片"钓台"两句，说严光还不免有求名之心，这从他披羊裘垂钓上可看出来。宋人有一首咏严光的诗说："一着羊裘便有心，虚名留得到如今。当时若着蓑衣去，烟水茫茫何处寻。"也是说严光虽拒绝光武征召，但还有求名心。陆游借严光故事说自己的心志，自己不像他，希望别人也不要把他比作严光，他没有一点沽名钓誉的意思。

滕宾的《鹊桥仙》也只是在形式上用它的音乐，在内容上，却和七夕的故事没有关系。

> 斜阳一抹，青山数点。万里澄江如练。东风吹落橹声遥，又唤起寒云一片。

残鸦古渡,荒鸡村店。渐觉楼头人远。桃花流水小桥东,是那个柴门半掩。

滕宾是文人,后来才出家做了道士,他的词具有很强的文人气息,不像其他道士开始并没有太多文化,因而写出的词也没有很强的文学色彩。滕宾的这首词描绘了一幅优美的山水画。词作以舟行江上为线索,以一连串的景物意向排列组合充实画面,描绘了一幅美妙的舟行江上的山水画。滕宾大约为宋末元初人,入元以后,虽然做过官,但并不惬意,最终出家为道人。元方回《送滕玉霄张元朴管押地理书入都》诗说:"滕候酒酣宇庙窄,长啸诗成鬼神泣。谪仙后身今李白,一锦官袍犹未得。"表达了滕宾放荡不羁、怀才不遇的境况。滕宾《鹊桥仙》在艺术上颇具特色,很容易使我们联想到马致远的《天净沙·秋思》,二者在意境的构筑上非常相似。不同的是,马致远的《天净沙·秋思》是"断肠人"的意境,较为悲苦;滕宾的词则较为旷达、平淡,"清绮"有趣。作为道士,滕宾这首词也表现有"乘桴浮于海"而观山色的阔达情志。

辽金元词

玉尘金螯相对峙,如我视今如昨

——张雨贺寿词

　　张雨(1277—1350),钱塘(今浙江省杭州市)人,字伯雨,初名泽之,后改名雨,是元代中后期著名的诗人、书画家。他的六世祖九成中状元,在宋朝做官。传到四世祖为逢源,在宋官至奉议郎。逢源生肖孙,肖孙生伯雨。张雨有兄弟三人,只有他喜欢作诗文词赋,并且成就较高。张雨生有一男二女,其性格狂放,常常藐视世俗,颇思古风,他也自知难得知己,于是看破红尘,在二十岁时,到菁福观出家为道士。

张雨《游龙井方圆庵题五贤二开士像诗》　香港中文大学文物馆藏

　　张雨早年结识了赵孟頫,与之交往很深。赵孟頫经常以陶弘景来比张雨,对张雨说:"从前陶弘景得道华阳,人称其为'华阳外史',现在你在句曲得道,你一定要继承陶弘景的传统。"后来,张雨就自号"句曲外史"。陶弘景是南北朝时期著名的道士、医药家、文学家,书法也很好,他自幼聪明异常,十岁读葛洪《神仙传》,便立志养生,十五岁著作《寻山志》。陶弘景二十岁时被引为诸王侍读,后拜左卫殿中将军;三十六岁,梁代齐而立,隐居句曲山(茅山)华阳洞。梁武帝早年便与陶弘景认识,称帝之后,想让其出山为官,辅佐朝政。陶于是画了一张画,两头牛,一个自在地吃草,一个带着金笼头,被拿着鞭子的人牵着鼻子。梁武帝一见,便知其意,虽不为官,但书信不断,常以朝廷大事与他商讨,人称"山中宰相"。赵孟頫希望张雨能够步陶弘景的后尘，故而常常拿陶弘景来劝谏张雨，并拿李北海的书法教授张雨。

早年张雨文才并不为人所知。在他三十多岁时，他有一次跟随开元宫王真人到京师办事，造访了以诗著名的范梈，不巧的是，范梈外出不在家，张雨见几案上有范梈的诗集，看过之后，在诗集后题了四句诗。看守的人见了之后很生气，赶紧跑去告诉了范梈。范梈很吃惊，说早就听说过这个人，一直没有机会见到，今天当结交为友。于是赶紧赶回家见张雨，并结交为朋友。

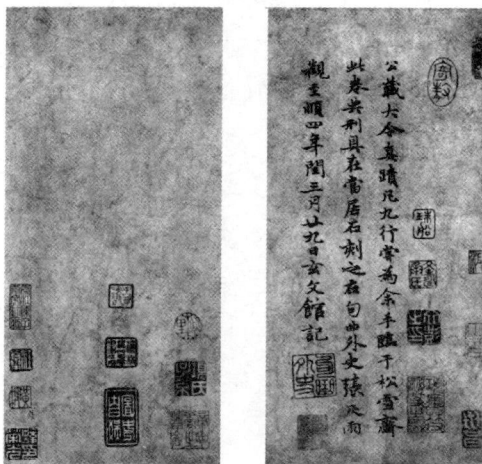

张雨跋赵孟頫小楷《洛神赋》册

这件事传开后，张雨的名声在京城打响了。京城著名的元诗四大家虞集、杨载、范梈、揭傒斯都与之交往。虞集对道家文化了解很深，尤其对道家符箓知道的比张雨多，张雨就拜虞集为师，自称弟子。

张雨虽然做了道士，但是还是躬行孝悌之义。京城的文士都邀请他长住京城，她担忧家中的双亲，还是回老家孝敬父母了。当时元朝皇帝也歆慕张雨文才，赐号他为"清容玄一文度法师"，让他主持杭州西湖的福真观。他的父亲去世时，他又遵循儒家礼节，为父守孝三年。守孝结束后，他又接着做他的道士去了。

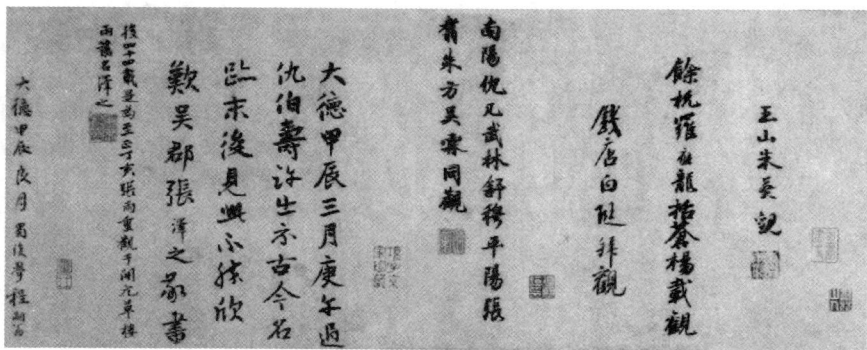

辽金元词

张雨跋《褚模兰亭序》

张雨不与俗人交往,有人有不好的行为,他当面就予以斥责,但是遇到好的行为,他也当面表扬。由于他的名声较大,识见精敏,操履端直,很多有才学的人都去拜访他,希望得到他的教诲,甚至有的人只求去见他一面。

张雨一生淡泊名利,对于当朝的挽留,他不动声色。这在他的许多诗歌中都有一定的流露。如他在《自题》中写道:

> 我本清都山水郎,天教分付与疏狂。
> 曾披给月支风券,屡上层云借雨章。
> 富诗万卷酒千场,何曾着眼看侯王。

在诗中表达了他性格狂放、不慕功名的心志。又如《夕阳楼》:

> 西山朝爽气,南山夕气佳。
> 朝爽人共忻,夕佳吾所怀。
> 山僧阅世久,结庐深避乖。
> 葱楼将对峙,菌阁亦双排。
> 维南列崇阜,不受烟岚霾。
> 我亦迟暮人,心迹倦鸟偕。
> 兹焉寄高躅,庶与静者谐。

这是张雨晚年的一首诗,表达了自己结庐避世、好静无为的情怀。张雨诗歌流传下来的有三百余首,明代诗人张循吉评价张雨诗作时说:"上口,偕评其高处,当为元人第一家。"清《四库全书总目提要》说:"诗文豪迈洒落,体格遒上。"

张雨词作流传下来的并不多,大概有50多首。在这50多首词中,有七首是贺寿词。贺寿词在南宋时就较为流行,一般分为自寿词和寿人词两种。贺寿的对象也很宽泛,上至帝王将相,下至平民百姓,都可以作为贺寿的对象。贺寿的内容也较为广泛,既有国家大事,也有柴米油盐之类小事。寿词在南宋极为流行,很多词人都创作有寿词。据说南宋词人魏了翁非寿词不作,朱彝尊《词综·发凡》中说:"宣政而后,士大夫争为献寿之词,联篇累牍,殊无意味,至魏华父,则非此不作矣。"明代李东阳《麓堂诗话》中说:"挽诗始盛于唐,然非无从而涕者;寿诗始盛于宋,渐施于官长故旧之间,亦莫有未同而言者也。"清代吴衡照

《莲子居词话》中说："生日献词,盛于宋时。"寿词的创作看似简单,却有一定的难度,张炎《词源》卷下:"难莫难于寿词,倘尽言富贵则尘俗,尽言功名则谀佞,尽言神仙则迂阔虚诞,当总此三者而为之,无俗忌之辞,不失其寿可也。"南宋时,很多人也为自己的妻子写作寿词,体现了对女性的关爱。如辛弃疾为妻子写作的寿词《浣溪沙·寿内子》:

> 寿酒同斟喜有馀,朱颜却对白髭须,两人百岁恰乘除。
> 婚嫁剩添儿女拜,平安频拆外家书,年年堂上寿星图。

辛弃疾在词中表达了对妻子寿辰的祝贺,以及感谢妻子对年长的自己的照顾,同时也希望合家欢乐,长命安康。到了南宋末年,由于外忧内患等因素,寿词在内容上更为广泛,有些寿词不再仅仅局限于祝寿范畴,而是关注民生、国事。金朝时,寿词创作在一定程度上延续了南宋寿词的文风,但在内容上更为宽泛,甚至注入了一些旷达超脱的思想,近似于豪放词。

元朝时,寿词更是一个为文人普遍使用的交流工具,很多文人、道士之间交往,也写贺寿词。张雨就是其中一个比较擅长写贺寿词的道士。由于张雨的道士身份,他流传下来的七首贺寿词中,有五首是写给道士的贺寿词。如《风入松》是为吴大宗师贺寿的,《木兰花慢》是为溪月真人贺寿的,《百字令》是为玄览真人贺寿的,《望梅花》是为师道真人贺寿的,《定风波》是为玉虚真人贺寿的。还有一首《水龙吟》是替玄览真人而作,和东泉学士自寿词的;另一首是为王国辅生日而作的《木兰花慢》。可以看出,为道人朋友祝寿写词,是张雨贺寿词的主要写作方向。他的贺寿词作在内容上,自然也多以道家脱尘超俗思想为主导。如《风入松》"羽衣能补舜衣裳。闲看云忙",表达了悠闲自在的心境。《木兰花慢》"愿似洪厓桔术,尽千年、游戏向人间",表达了作为道人修行养神、长生不老的愿望。《望梅花》"放鹤天宽,看云窗小,万幅丹青图障",表现了道人驾鹤遨游太空的逍遥自在。他的贺寿词中,最具代表性的应是为玄览真人贺寿的《百字令》:

> 橙黄桔绿,占一年好景,人间真乐。玉尘金鳌相对峙,如我视今如
> 昨。珍重留侯,招邀黄石,俱付蟠桃约。一卮仙酒,得陪三老斟酌。
> 总道独绾银章,重披宫锦,有自家天爵。八表明年身更健,胸次遥天

恢廓。春小花繁，溪清月皎，都付延年药。洞霄仙侣，更添一个仙鹤。

《百字令》又名《大江东去》《千秋岁》《酹江月》《杏花天》《赤壁谣》《壶中天》《大江西上曲》等十多个词牌名，初名《念奴娇》。念奴是唐天宝年间著名的歌妓，因她的名字而得名，词共一百字，上片四十九字，下片五十一字。张雨的这首贺寿词之所以在其贺寿词中具有代表性，是因为该词充分表现了他的道家思想。上片首句交代了玄览真人寿辰的自然景观，"橙黄桔绿"，正是一年风景比较好的时候，这个时候真是"人间真乐"。"玉尘金鳌相对峙，如我视今如昨"，表达了对世事变迁的一种超脱心境，"玉尘"是仙家用的食物，"金鳌"年岁较长，用这两个事物来说明道家修道可以长寿；"如我视今如昨"，时间如白驹过隙，昨天、今天又有何分别呢？"珍重留侯，招邀黄石"，引用了汉张良在桥上遇见黄石公而得兵书的故事，传说黄石公乃道家得道之人，张良得到兵书后，也得道成仙，他们一起去赴王母娘娘的仙桃会。下片抒写了道家修道延年益寿、驾鹤遨游的生活愿望。"八袠明年身更健"，玄览真人已经八十高龄，本来已经高寿，但词人更祝愿他"明年身更健"，炼丹养生，延年生息，纵游四海。词作紧紧围绕贺寿，先向玄览真人表达了寿辰的祝福，同时也充分表达了道家逍遥自在的心境和超脱的生活方式。

辽金元词

丘神仙，我不曾忘了你，你休忘了我者

——丘处机与成吉思汗

丘处机（1148—1227），字通密，登州栖霞人。年十九，师从王喆，学道昆仑山，号长春子。大定九年随王喆入关，居磻溪（今陕西宝鸡东南）等地。大定二十八年，曾应金世宗召至中都。兴定三年（1219）应成吉思汗征召，率18弟子西行雪山。元光二年（1223）东归至燕京，居太极宫，后改名长春宫。丘处机与刘处玄、谭处端、马钰合称"丘刘谭马"四大士，再加上王处一、郝大通、孙不二，合称全真七子，被后世誉为"七朵金莲"。有文集《磻溪集》七卷，有词作152首。丘处机西行求见成吉思汗，对当时及后世都影响极大，对全真教的发展也有至关重要的影响。

丘处机像

辽金元词

丘处机本是农户出身，本来不通文墨，追随王喆后，刻苦自学，竟能每日记诵三千多句话，历久不忘，诗文大进。他虽然诗文进步很大，但对于同道，并不赞成积极去学文，而是要以修道为主。《长春真人寄西州道友》说："尔若不识文，休学文，乱了修心。且发三五年苦志，莫言是非，自搜己过，休起无明，休爱华丽，绝尽贪嗔，潇潇洒洒，便是道人。""潇潇洒洒"是丘处机作为道人的追求。他在《满庭芳·抒怀》词中同样表达了这种情感：

> 漂泊形骸，癫狂踪迹，状同不系之舟。逍遥终日，贪饱资遨游。任使高官重禄，金鱼袋、肥马轻裘。争知道，庄周梦蝶，蝴蝶梦庄周。
>
> 休休。吾省也，贪财恋色，多病多忧。且麻袍葛履，闲度春秋。逐

睡巡村过处，儿童尽呼饭相留。深知我，南柯梦断，心上别无求。

　　"状同不系之舟"正是潇洒的行为。在当时战乱频繁的情况下，他的这种举动影响了很多人。1217年，他成为全真教第五任掌门，他的影响就更大了。外界纷纷传说他有"长生不老之术"，还说他有"治天下之术"。这些传言很快传到了成吉思汗耳朵里。此时成吉思汗已年过六旬，老之将至。他的大臣刘温向他吹嘘说，丘处机已经活了300多岁了，有长生不老之秘术。再加上丘处机被说有治天下之术，两者都切合成吉思汗的心理，于是在1219年，成吉思汗急切地要召见丘处机。

　　丘处机接到诏书时，有些为难，他不愿与政治有瓜葛，就像他《满庭芳》词中说的，"任使高官重禄，金鱼袋、肥马轻裘"。但丘处机从道教长远发展考虑，他认为成吉思汗有可能统一天下，求见成吉思汗对道教的发展有利，同时也可借机劝说成吉思汗少些杀戮，于是就率尹志平等18位弟子，从山东西行。1220年2月份，丘处机抵达当时蒙古统治下的燕京。当地的官吏、百姓、僧道纷纷前往卢沟桥迎接这位活神仙，人们纷纷求索丘处机的墨宝，希望能得到庇佑，免遭杀戮。但此时，成吉思汗却远征西方，丘处机也年事已高，不愿再西行了，于是上了《陈情表》，说自己年纪大了，也没有治国之术，希望大汗东返后再见面。刘仲禄以为丘处机在讲条件，建议选一些漂亮的女子随行，没想到这一举动惹怒了丘处机，刘仲禄慌忙把这件事告诉了成吉思汗。成吉思汗再次下诏催促丘处机西行，言语恳切，感动了丘处机。

　　1222年初夏，丘处机终于到达了大雪山（今阿富汗兴都库什山）。成吉思汗一见丘处机，果然是仙风道骨，精神矍铄，便急不可耐地索要长生之术。丘处机说，我并没有长生之术，世上只有卫生之道，没有长生之术，卫生之道要以清心寡欲为要务，要清除杂念，减少私欲，保持心底清净。这让成吉思汗多少有些失望，但为了弥补他的失落，丘处机又以君权神授的理论

辽金元词

长春丘真人看儿孙争闹图

美化成吉思汗，说他是天人下凡，替天来管理人间的。成吉思汗当然很高兴，于是丘处机又趁机进言说，作为"天人"更应该爱惜自己的身体，要清心寡欲，"在世之间，切宜减声色，省嗜欲，得圣体康宁，睿弄遐远耳。"成吉思汗对丘处机的话很乐于听从，丘处机也就适时劝谏。有一次，成吉思汗过桥时，桥一下子被雷劈断了。丘处机趁机说，这是上天在警告不孝顺父母的蒙古人。成吉思汗就下令要听从丘神仙的劝诫，一定要好好孝顺父母。又有一次，成吉思汗到东山打猎，因马受惊而摔下来了。丘处机就劝说："天道好生，今圣寿已高，宜少出猎。坠马，天戒也。"成吉思汗说："我听了神仙你的话，已经深刻反省了，我们蒙古人小时候就学骑射，不能够马上改掉这种习惯，但以后肯定听从你的建议，少出猎。"在此后很长一段时间，成吉思汗果然没有打过猎。

得到成吉思汗的信任后，丘处机最主要的还是劝谏他少些杀戮。丘处机的劝谏对成吉思汗造成了一定的影响，确实减少了杀戮。据史书记载，成吉思汗直接参与的杀戮行动有：1220年2月攻下不花剌城，杀死3万多人；3月，投降的康里3万多人全部被杀；夏，蒙古军攻入花剌子模的首都玉龙杰赤城，除了将居民中的年轻妇女和儿童作为奴婢外，其余全部被杀。但听取了丘处机的建议后，在1226年进攻西夏的战争中，因五星聚于西南的天象而不杀戮，并告知臣下说："朕自去冬五星聚时，已尝许不杀掠，遽忘下诏耶。今可布告中外，令彼行人，亦知朕意"。

1223年春，丘处机不适应高原气候，又因年迈思乡，于是决定东归。成吉思汗对他依依不舍，赐了很多金银珠宝，并免除全真教徒的赋税，派五千人护送他东归。后来，成吉思汗又送给他虎符玺书。丘处机东返后，中原广大地区正处于蒙古的铁骑下，丘处机利用他特殊的地位拯救人民，很多人都投身全真教，以求避难。

1227年，79岁的丘处机病逝，他的弟子李志常编撰《长春真人西游记》，记述了丘处机西行的事迹。由于丘处机的足迹遍及今蒙古、吉尔吉斯斯坦、哈萨克斯坦、乌兹别克斯坦、阿富汗等国，该书成为后人研究13世纪中亚历史文化的第一手资料。丘处机去世后，他的弟子尹志平、李志常先后掌管全真教，得到了蒙古统治者的大力支持，全真教发展极为迅速，统治者还赞助他们修了很多道观。全真教道徒曾自豪地说，丘处机应诏后，"自是玄风大振，道日重明。营建者棋布星罗，参谒者云骈雾集。教门宏阐，古所未闻。"（姬志真《长春真人成道碑》）

辽金元词

故事中的元代词

元代佛教词

　　中国历代不乏有较高文化修养的佛家人士,诗、词在风格、题材上无不带有禅意,别有一番滋味。元代盛行佛教,佛教实权很大,因此出现了"歪嘴和尚念歪经"的情况。和以往相比,没有太多文化修养较高的僧人。在词的创作上,数量也较为有限。尽管如此,也不乏有价值的词作。

辽金元词

花月流连醉客，江山憔悴醒人

——刘秉忠《木兰花慢·混一后赋》

刘秉忠（1216—1274），字仲晦，初名侃，因入佛教，又名子聪，拜官后改名秉忠。邢州（今河北省邢台县）人，年十七为邢台节度使府令史。但是刘秉忠对于这个职务很不舒服，他不愿意做这些烦琐的小事，他发牢骚说："我们家世代做官，我怎能沦落为刀笔吏呢！大丈夫生不逢时，还不如隐居以养其志。"于是他辞掉职务，隐居武安山中。过了一段时间，天宁虚照禅师遣徒招刘秉忠为僧，因为他善于写词，就让他做掌书记。后来他游历云中，留居南堂寺。忽必烈在潜邸的时候，有一次邀请海云禅师过去，海云禅师经过云中时，听说刘秉忠多才多艺，就邀请刘秉忠一起同行。见了忽必烈后，很得忽必烈的喜欢，屡次作忽必烈的顾问。刘秉忠很爱读书，涉猎也非常广泛，天文、地理、律历、三式六壬遁甲之类，都很精通，论天下大事，都了如指掌，忽必烈如获珍宝，海云禅师南还时，忽必烈将刘秉忠留在了身边，常为他出谋划策。

忽必烈即位前即对刘秉忠非常信任，刘秉忠曾给他上万言书，建议他治理国家的方略，忽必烈大部分听从了他的建议。刘秉忠与忽必烈一起出征大理、云南，每次胜利，他都用上天有好生之德的道理劝谏忽必烈，因而，忽必烈带领的军队没有枉杀一人。与忽必烈一起征伐南宋，也是劝谏忽必烈不要乱杀生，因为赖刘秉忠存活的人不可胜数。

中统元年（1260），忽必烈即位，向刘秉忠询问治理天下的方法和养民生息的策略，刘秉忠告以祖宗旧典，条列以闻。忽必烈按照刘秉忠的建议，建立了各项规章制度和用人制度，于是朝廷旧臣、山林隐逸之士都被朝廷所用，文物灿然一新。

刘秉忠虽然跟随在元世祖忽必烈身边，但是他仍以一个僧人自居，仍穿着僧人的衣服，因其名子聪，当时人们都称呼他为"聪书记"。至元元年（1264），翰林学士承旨王鹗向忽必烈奏言说："秉忠久侍藩邸，积有岁年，参帷幄之密谋，定

社稷之大计,忠勤劳绩,宜被褒崇。圣明御极,万物惟新,而秉忠犹仍其野服散号,深所未安,宜正其衣冠,崇以显秩。"元世祖看完奏折后,当天就拜刘秉忠为光禄大夫,位太保,参领中书省事,并且此年元世祖还让他还俗,把翰林侍读学士窦默之女赐给他为妻,赐府第奉先坊,且以少府宫籍监户给之。秉忠接受了忽必烈的赐予,以天下为己任,事无巨细,凡是有关国家大体者,他对忽必烈都知无不言,而忽必烈也是言无不听,刘秉忠的宠信程度可想而知。刘秉忠也为元世祖推荐了一大批名臣。

刘秉忠帮助忽必烈营建了元大都(今北京)。大都从至元四年(1267)开始修建,到至元二十二年(1285)完成,共用了18年时间。刘秉忠虽然没有看到修好的新都城是什么模样,但大都的宏伟蓝图,他是主要设计者。

至元十一年(1274),刘秉忠跟随忽必烈幸上都,住在上都的南屏山上。忽必烈建筑了非常好的房舍让他居住。改年八月,刘秉忠端坐无疾而终,享年59岁。忽必烈听到他去世的消息时大吃一惊,非常惋惜地对群臣说:"秉忠侍朕三十余年,小心慎密,不避艰险,言无隐情。其阴阳术数之精,占事知来,若合符契,惟朕知之,他人莫得闻也。"于是拿出内府的钱为刘秉忠办理丧葬,遣礼部侍郎赵秉温护送刘秉忠的灵柩还葬大都。至元十二年(1275),赠刘秉忠太傅称号,封赵国公,谥文贞。《辽史》说刘秉忠自幼好学,至老不衰,虽然位极人臣,但吃饭住宿都和当僧人时一样,他自号藏春散人,喜欢吟咏诗歌,他的诗作恬静闲淡,很像他的为人。刘秉忠没有孩子,把他弟弟刘秉恕的儿子过继了过来。

刘秉忠给忽必烈推荐了好多人才,但是碍于刘秉恕是他弟弟,他一直没有向忽必烈推荐。刘秉恕也好读书,弱冠即受《易》于刘肃,对于理学颇有造诣。后来忽必烈的其他大臣向他推荐了刘秉恕,忽必烈也就让刘秉恕一起跟随他。刘秉忠因为曾做僧人,不爱钱财。忽必烈曾经赐给刘秉忠白银一千两,刘秉忠推辞说:"我是山野鄙人,侥幸跟随您,我的各种生活用品、饮食、起居都由您给我准备好了,我要钱没有用啊。"忽必烈就问:"你难道就没有其他亲戚了吗?"忽必烈一定要把钱给刘秉忠,刘秉忠就打算给弟弟刘秉恕二百两,把其余的钱散掉。刘秉恕也坚决不要,对刘秉忠说:"兄长您勤劳多年了,应该受到奖赏,我没有建立任何功劳,怎么能够领赏呢!"可见刘秉忠兄弟二人的为人。

刘秉忠的词流传下来的有70多首。其中《木兰花慢》有四首,第四首序为"混一后赋",这首词写得很有气势,能表现他建功立业及劝谏忽必烈的经历:

望乾坤浩荡，曾际会、好风云。想汉鼎初成，唐基始建，生物如春。东风吹遍原野，但无言、红绿自纷纷。花月流连醉客，江山憔悴醒人。

龙蛇一屈一还伸。未信丧斯文。复上古淳风，先王大典，不贵经纶。天君几时挥手，倒银河、直下洗嚣尘。鼓舞五华鸳鹭，讴歌一角麒麟。

词序言为"混一后赋"，意为该词作于元朝统一天下之后。按照历史事实，刘秉忠写作此词时还没有完全统一全国，南宋的最后灭亡是在1279年，而此时刘秉忠已经去世五年了。但是刘秉忠写作此词时，元朝应该大局上已经有统一全国的趋势了。刘秉忠是元朝的功臣，他在这首词中称赞了元朝取得的功绩，在这巨大的功绩中，也有自己的一份功劳，但是他却不居功、不自傲，而是秉承"花月流连醉客，江山憔悴醒人"的淡泊态度对待自己取得的成就。此词也不是一味歌功颂德，也有居安思危的委婉讽谏，显示了刘秉忠清醒的头脑和深远的眼光。

辽金元词

僧官权大，军民统摄

——元代的佛教

元代佛教从大的方面分为三个部分：藏传佛教、汉地佛教及世俗化的佛教团。

元代信奉藏传佛教大致开始于1246年。1244年，驻守凉州的蒙古王子阔端写信邀请西藏佛教萨迦派教主萨班·衮噶坚赞，结果萨班带领他的两个侄子八思巴和恰那多吉于1246年8月抵达凉州。1260年忽必烈即位，继续奉行阔端的政策，偏重于西藏的萨迦派。忽必烈封八思巴为国师，授以玉印，统领天下教门。1270年，忽必烈又将八思巴从国师提升为帝师，此后，元代皇帝都依照元世祖范例，藏传佛教中封为帝师者十几人。藏传佛教受到皇帝们的特殊待遇，职位高重，因而也逐渐飞扬跋扈起来。元世祖时有个杨琏真加，元世祖让他当江南释教总统。他利用职权，发掘了钱塘、绍兴等地南宋赵氏皇族的墓葬及一些大臣的墓葬一百多座，接受人们贡献的美女宝物不可胜数，并且有时还明取豪夺，获得金银不可胜数。元武宗至大元年（1308），上都开元寺西藏僧人强行夺取人们的薪柴，当事人将这件事上告给留守李璧，李璧刚要详细询问事情的缘由，不想这个僧人聚集其僧众已经拿着白色的棍棒跑到了公堂之上，隔着桌案，就把李璧拉倒地上，并把李璧拖拽回寺院，关了禁闭，李璧好不容易才得脱。李璧将这件事上告朝廷，没想到朝廷竟然赦免了这帮僧人，没有一点处分。至大二年（1309），又有西藏僧人龚柯等十八人与诸王合儿八剌的妃子忽突赤的斥争抢道路，僧人把妃子从车上拉下来，殴打了一顿，且有些语言还冒犯了皇上。皇上听说了这件事后，也是不闻不问。皇上还下诏说，凡是殴打西藏僧人者，剁掉他的手；辱骂西藏僧人者，割掉他的舌头。可见朝廷对西藏僧人的恩宠及纵容程度之深。

元代还设立了僧官制度，机构庞杂，僧署繁多。虽然历代都有僧官制度，但僧官制度在元朝达到了高峰。元代僧官选举的原则是"军民统摄，僧俗并用"。"军民统摄"即僧官不仅管理僧尼事务，亦掌管军政、民政事务；"僧俗并用"即以

世俗人任僧官,以僧人任流宫。而僧官中的高位大都由西藏僧人充任。由于朝廷对藏传佛教的过分推崇,对西藏僧人的纵容,部分西藏僧人仗势欺人、戒律废弛,日渐颓废。但同时,由于元朝历代君主的大力扶持,藏传佛教得到了快速的发展,也加强了藏、蒙、汉等各民族之间的思想文化交流。

由于元朝统治者极力推崇藏传佛教,汉地佛教也借了东风,得到不少恩惠。蒙古人最初接触汉传佛教是在成吉思汗时代。成吉思汗的大臣木华黎征讨金国的时候,接触到了金国名僧海云印简,对海云非常礼遇,并把海云的情况上报了成吉思汗。成吉思汗赐予其"告天人"称号。海云印简在太宗、定宗、宪宗、世宗四朝都受到了重厚。世宗时,海云禅师推荐了刘秉忠给忽必烈,刘秉忠受到了忽必烈的重用。在元朝,佛教很受重视,全国各地广建寺院,刻印佛经,厚赐僧侣,汉传佛教也得到了较好的发展。元代朝廷赐给寺院很多土地,寺庙拥有大量土地的同时,很多僧人还从事工、商业,经营商店、旅店、酒店等,在这种大环境的冲击下,造成僧侣真心修行者少,追求财利者多,促成了元代僧侣的入世化,这也是元代汉传佛教的主要特征。

元代世俗化的佛教团主要有白莲教和白云宗两个。白莲教产生于南宋初年,至元代进入鼎盛时期。白莲教立足信仰往生极乐净土,提倡念佛,鼓励素食,初为与民间相融合的世俗化的佛教团体,但逐步又演变成了秘密教团。元世祖以来,一直把白莲教视作邪教。但是白莲教发展也很快,元末的农民起义就与白莲教有十分密切的关系。白莲教的创始人姓茅,名子元,号万事休,吴郡昆山(今江苏昆山)人,父母早亡,投奔延祥寺出家,习诵《法华经》。他十九岁落发,习止观禅法。据说有一次他在禅定中突然醒来,听到了乌鸦的叫声,顿然开悟,并做了一首偈诗:

> 二十余年纸上寻,寻来寻去转沉吟。
> 忽然听得慈鸦叫,始信从前错用心。

他于是在淀山湖开设了白莲忏堂,自称白莲导师。茅子元要求其教徒受五戒:不杀、不盗、不淫、不妄、不饮酒。但他为了尽量多收门徒,并不要求门徒都出家为僧,这就出现了大批在家修行的白莲教徒,他们可以娶妻生子。随着教徒的迅速扩大,戒律也逐渐松弛,淫秽之事也做,朝廷视其为邪教,极力禁止。

另一个世俗化僧团是白云宗。白云宗产生于北宋末年,创始人是孔清觉,河南登封人,为孔子五十二世孙。他小时候学习儒家文化,后由于读《法华经》

有所感悟，遂出家为僧，法号清觉，自号本然。清觉出家后，便在各方游历。宋哲宗元祐七年（1092）游历到浙江，居住在灵隐寺，后来又居住灵隐寺后的白云庵，开创白云宗。宋徽宗政和六年（1116），因清觉所撰《证宗论》违背朝廷之语，他被流放到广南思州。宋徽宗宣和二年（1120）孔清觉的弟子进京投诉，才得以释放，但第二年，孔清觉就去世了。元朝时，白云宗有较大发展，但屡遭禁止，发展没有白莲教规模大。

在元代佛教迅猛发展的情况下，汉地佛教中出现了不少有名又有文才的僧人。较有名的有释善住和天目中峰禅师，二人都较有文才，常与当时知名文人相唱和，影响较大。

释善住，字无住，别号云屋，曾经居住在吴郡城的报恩寺，往来于吴淞江上，与知名文人仇远、虞集等人诗文唱和。他的词流传下来的有13首，都是小令。他的词作清新俊雅，有飘逸、洒脱之气。如《遗忘孙·渔者》：

> 悠悠世事几时休。身后身前岂足忧。天地都来一钓舟。下中流。卧看青天飞白鸥。

天目中峰禅师，姓孙氏，名明本，号中峰，钱塘人，是元代的高僧，与赵孟𫖯交往甚密。当时冯子振以文章著名，不太了解天目中峰禅师，有轻慢之意。有一天，赵孟𫖯偕同天目中峰禅师造访冯子振。冯子振拿出了得意的《梅花百绝句》，中峰禅师看了之后，提笔写了一首律师，句子和冯子振的数目一样。冯子振大为惊奇，决定也与天目中峰禅师交往。今传的《梅花百咏》一卷即当时冯子振和天目中峰禅师的唱和之作。天目中峰禅师存词共11首，其中《天香子》有三首，其一曰：

> 短短横墙，矮矮疏窗，一方儿小小池塘。高低叠嶂，曲水边旁，也有些风、有些月、有些香。
> 日用家常，竹几藤床，尽眼前水色山光。客来无酒，清话何妨，但细烘茶、净洗盏、滚烧汤。

天目中峰禅师的词淡雅率真，口语化很强。释善住和天目中峰禅师都是汉地僧人，他们和西藏僧人及世俗化的佛教僧团又不一样，文化气息很浓，具有很高的文化修养。

故事中的元代词

元代女性词

北宋末年出现了一位举世瞩目的女词人，她就是李清照，她使女性词备受关注并大放光彩。"女性词"有两层含义：一是以女性视角创作的词，作者不一定是女性；二是女性创作的词。中国文学史上，以女性视角创作的作品种类繁多，而女性作为作者创作的作品数量则有限。女性词引起了不少研究者的关注，元代女性词（女性作者）也不容忽视。

不见镜中人，愁向镜中老

——张玉娘《玉蝴蝶》

　　张玉娘，字若琼，自号一贞居士，松阳人（今浙江遂昌县人）。生于宋淳祐十年（1250），卒于南宋景炎元年（1276），仅活到26岁。她出生在仕宦家庭，曾祖父是淳熙八年进士，祖父做过登士郎。父亲曾任过提举官。她自幼饱学，敏慧绝伦，擅长诗词。后人将她与李清照、朱淑贞、吴淑姬并称宋代四大女词人。《浙江通志》将她作为宋人，《四库全书总目提要》将她作为元人，唐圭璋《全金元词》辑录其词作16首。有《兰雪集》一卷留世。

　　张玉娘虽为才女，但是她的感情生活却颇具波折，她最终也因感情离世。玉娘十五岁时和与她同龄的表兄沈佺订婚。沈佺是宋徽宗时状元沈晦的七世孙。沈、张两家是表亲，沈佺和张玉娘自小青梅竹马。订婚后，两个情投意合，互赠诗物。张玉娘曾亲手做了一个香囊，并绣上一首《紫香囊》诗送给沈佺。诗云：

　　　　珍重天孙剪紫霞，沉香羞认旧繁华。纫兰独抱灵均操，不带春风儿女花。

张玉娘家庭比较富足，在闺中和一般女子不同的是，她饱读诗书，她还专门写诗歌咏文房四宝，诗名为《咏案头四俊》，在诗中分别歌咏了"马肝砚""凤尾笔""锦花笺""珠麝墨"这文房四宝，每一宝写一首诗。但是沈家日趋贫落，沈佺又无意功名，张玉娘的父亲有了悔婚之意。张玉娘竭力反对父亲的意旨，悲痛之余，写下了《双燕离》诗：

　　　　白杨花发春正美，黄鹄帘低垂。燕子双去复双来，将雏成旧垒。
　　　　秋风忽夜起，相呼渡江水。风高江浪危，拆散东西飞。红径紫陌芳情

断,朱户琼窗侣梦违。憔悴卫佳人,年年愁独归。

在张玉娘的极力坚持下,其父母迫于无奈,写信给沈家:"欲为佳婿,必待乘龙。"沈佺不得不与玉娘别离,随父赴京应试。对沈佺进京赶考,张玉娘既舍不得,又没办法,为了帮助沈佺,张玉娘用自己的私房钱资助沈佺,还赠诗表达自己的别离之情,写了一首《古别离》:

> 把酒上河梁,送君灞陵道。去去不复返,古道生秋草。
> 迢递山河长,缥缈音书杳。愁结雨冥冥,情深天浩浩。
> 人云松菊荒,不言桃李好。淡泊罗衣裳,容颜萎枯槁。
> 不见镜中人,愁向镜中老。

别后,玉娘更是思念沈郎,饱受相思的凄苦。为此,写了三首《山之高》诗,其一云:

> 山之高,月出小。月之小,何皎皎! 我有所思在远道。一日不见兮,我心悄悄。

写完诗,还觉得不能完全表达自己的思念之情,于是又写了一首《玉蝴蝶》词。

　　沈佺是个风度翩翩的小伙子,虽只有22岁,但在京城顺利通过经、论、策三场考试进入殿试,高中榜眼,金榜题名。明代王诏的《张玉娘传》中说:"(沈佺)尝宦游于京师,年二十有二。"他的才思在京城一时传为佳话。据说,在面试时,主考官得知沈佺是松阳人,恰好这位主考到过松阳,于是考官拿松阳的地名出了上联让沈佺对对子,上联是:"筏铺铺筏下横堰。"沈佺很快就对出下联:"水车车水上寮山。"对句工整完美,上联的"横堰"是地名,沈佺对的"寮山"也是地名,且都在松阳。立时,众皆惊叹。考官又出了许多题,沈佺均对答如流。沈才子之名由是京城尽知。然而,天不佑人,他不幸得了伤寒,病入膏肓。沈佺临死时,有人问他,为什么病的这么厉害,沈佺回答说是:"积思于悒所致。"张玉娘听说后非常感动,立刻寄书于沈佺,称"縠不偶于君,愿死以同穴也!"沈佺看信后感动不已,感慨道:"若琼能卒我乎!"于是带着遗憾死去。死前,沈佺给张玉娘写了一首五律绝笔:

辽金元词

隔水度仙妃，清绝雪争飞。

娇花羞素质，秋月见寒辉。

高情春不染，心镜尘难依。

何当饮云液，共跨双鸾归。

张玉娘得知沈佺去世的消息后，满怀悲痛写了首《哭沈生》：

中路怜长别，无因复见闻。

愿将今日意，化作阳台云。

仙郎久未归，一归笑春风。

中途成永绝，翠袖染啼红。

怅恨生死别，梦魂还再逢。

宝镜照秋水，照此一寸衷。

素情无所著，怨逐双飞鸿。

此后，玉娘终日泪湿衫袖，父母心疼女儿，想为她另择佳婿，玉娘悲伤地说："妾所未亡者，为有二亲耳。"玉娘拒绝再婚，为沈佺守节，恹恹独守空楼，度过了五年悲痛的日子。又一年的元宵节来临，玉娘面对青灯，恍惚间见沈公子出现，对玉娘说希望您不要背弃盟约。语毕，人不见。玉娘悲痛欲绝，喃喃说道："沈郎为何离我而去？"又过了半个月，一代才女受尽了相思的煎熬，终绝食而死。

她的《玉蝴蝶》词充分表达了沈佺进京应考后，她对沈佺的思念之情：

极目天空树远，春山蹙损，倚遍雕阑。翠竹参差声戞，环佩珊珊。雪肌香、荆山玉莹，蝉鬓乱、巫峡云寒。拭啼痕。镜光羞照，孤负青鸾。

何时星前月下，重将清冷，细与温存。蓟燕秋劲，玉郎应未整归鞍。数新鸿、欲传佳信，阁兔毫、难写悲酸。到黄昏。败荷疏雨，几度销魂。

词的上片首句为我们描绘了一幅"少妇思归图"。张玉娘常常倚在栏杆上，登高望远，但是只看见辽阔的天空和远方的树。"春山蹙损"，是一个暗喻，用春山的

辽金元词

愁苦,来比喻自己思念的愁闷。接下来词人用一系列的动作,描画了自己对情人的思念之情。思之深、爱之切,辜负了自己的青春,情人不在自己身旁,就连镜子也懒得去照了。女为悦己者容,没有了悦己者的观赏,照镜子又为了谁呢?下片内容是词人的联想与想象,细腻生动地刻画了词人的心理活动。首句既是对情人何时回来的提问,又是对情人回来后二人甜蜜生活的想象。词人想象情人回来后,二人"星前月下"共"温存",将自己的"清冷"之心重新温暖,这种生活是多么美好。然而,事实并不是这样的,情人进京赶考,还没有回来。想象京里已经秋天了,不知情人消息,这个时候,情人应该还没有整顿好行囊归来。拿出信纸,想给情人写一封信,好好诉说一下自己的思念之情,但是千言万语又没办法写出自己的悲酸,只好搁罢。给自己留下的只有无尽的思念,听着雨打败荷,流淌着无尽的相思。

张玉娘死后,她的父母为女儿矢志忠贞的行为所感动,征得沈家同意,将玉娘与沈佺合葬于西郊枫林之地。月余,与她朝夕相处的侍女霜娥因悲痛"忧死",另一名侍女紫娥也不愿独活,"自颈而殒",玉娘生前畜养的鹦鹉也"悲鸣而降"。张家便把这"闺房三清"(即霜娥、紫娥和鹦鹉)陪葬在沈佺、玉娘的墓左右,这便是松阳有名的"鹦鹉冢"。

辽
金
元
词

人生极贵是王侯,浮利浮名不自由

——管道升《渔父词》

  管道升(1262—1319),字仲姬、瑶姬,湖州吴兴(今属浙江)人,祖籍济南,管仲的后裔。管道升出生于书香人家,她的母亲周氏,擅长写诗;父亲管伸,生性倜傥,以任侠名闻乡里。管道升天生聪敏,性格豪爽。28岁时,嫁给同乡赵孟頫为妻。1292年,赵孟頫出任司知济南路总管府事,道升随夫寓居济南。她对泉城的景色十分喜欢,这里的大明湖、千佛山、趵突泉等美景,给她留下了深刻的印象。

  管道升主要的成就表现在书画上,他的书法和绘画造诣很深。她对人物、佛像、花鸟无不精通,但最擅长的还是画竹。管道升曾入兴圣宫为元皇后画竹。据说她为皇后画的竹图有七八十种,"清神幽思,曲尽变态"。赵孟頫《松雪斋集》称她所作墨竹"笔意清绝"。湖州天圣寺壁,原有管道升画竹,后来毁而不存。竹画得多了,心得日积月累,著成《墨竹谱》一卷,专教人如何画墨竹。《墨竹谱》教人画墨竹的笔法,不伹画干、画节、画枝、画叶,都有说明,就连用笔的轻重缓急,用墨的干湿浓淡,布局的疏密高低,以及阴晴雨雪的变化,也都说得很详细,对后学者起到了不小的作用。管道升亦善画观音,其笔下观音,既具有"神"的飘逸气质,又充满"人"的世俗情怀。后人对她的画的艺术评价也较高,清代女画家廖云锦在《题管夫人墨竹》一诗中赞道:"清姿秀骨脱凡尘,柳絮才高莫与伦。一抹近山数丛竹,绝无脂粉累风神。"清末民初诗人谢东樵在《济南杂咏》之一写道:"自古才媛重此乡,李词管画最芬芳。天寒翠袖双清影,应与湖山伴久长。"管道升的书法也有很高的造诣,她的书法代表作有《致中峰和尚尺牍》,行书,凡33行,每行字数不等,共计513字,现藏台北故宫博物院。此作品乍看,用笔圆润流畅,结体匀称,类似赵书;但细观其用笔没有赵书刚劲,字体左低右高,成斜侧之势,具有管氏自己的风格。延祐四年(1317),赵孟頫加封魏国公,管道升加封魏国夫人,世称管夫人。1318年,道升突患脚气病。元帝派御医为她诊

治,但医治无效。当她病笃时,要求回故乡。1319年5月,在回乡途经山东临清时,死于船上,终年58岁。三年后,赵孟頫也去世了,二人合葬于湖州德清县东衡山南麓。

管道升不但书画有很高的艺术造诣,她的诗词也有一定的文学价值。她的词作流传下来的只有四首《渔父词》和一首《我侬词》。据说因为她的聪明才智,她用一首《我侬词》感动了丈夫赵孟頫,打消了赵孟頫娶妾的念头。这首诗被新诗人刘大白认为是自由诗的开山祖。

真正体现管道升词水平的是她在《渔父图》上题写的词,这四首词作表达了她的处世态度和人生哲学。我们看第一首:

> 人生贵极是王侯,浮利浮名不自由。
> 争得似,一扁舟,弄月吟风归去休。

这首题画词表达了管道升看淡功名利禄的心态,她的人生哲学是要追求"自由",她觉得做了王侯倒不自由了,还不如驾一叶小舟,适宜而为,吟风弄月,自由自在。在作诗作词方面,管道升自己也承认,受到了她丈夫赵孟頫的不少影响。她在《修竹图自识》中说:"墨竹,君子之所爱也。余虽在女流,窃甚好学。未有师承,难穷三昧。及侍吾松雪十余秋,傍观下笔,始得一二。偶遇此卷闲置斋中,乃乘兴一挥,不觉盈轴,与余儿女辈玩之。"她在这里说自己非常爱好画竹,但是没有师傅教她,等到结婚后,看到丈夫画竹,学习了一些技法,于是自己也就学着画了起来。虽然这里没有说她丈夫对她的诗词影响,但影响不言而喻。赵孟頫在《与师孟书》中叙说了夫妻二人作诗唱和的情状:"山妻对饮唱渔歌,唱罢渔歌道气多。风定云收中夜静,满天明月浸寒波。"可见夫妻二人除了恩爱之外,在兴趣爱好上也有很多相同之处,赵孟頫对管道升的影响是很大的。元人虞集题管道升画竹时写道:"魏公书画工,夫人工书画。睹此庭上竹,双双玉相亚。"一个是"书画工",一个是"工书画",看是一样,其实表达了一个不一样的意思:"书画工"说明赵孟頫已蔚然成大家,"工书画"说明管道升还在努力深造中,暗含之意是说,管道升受到了赵孟頫的影响。

管道升第二首《渔父词》曰:

> 南望吴兴路四千,几时闲去云水边?

辽金元词

名与利,付之天,笑把渔竿上画船。

这首词和上首词的意境是一致的,同样表达了看淡功名利禄的处世态度,词和画意相结合,达到了词画意境的统一。赵孟頫也在画上题了两首词用来和妻子,词曰:

其一

渺渺烟波一叶舟,西风木落五湖秋。

盟鸥鹭,傲王侯,管甚鲈鱼不上钩!

其二

侬在东南震泽州,烟波日日钓鱼舟。

山似翠,酒如油,醉眼看山百自由。

赵孟頫的词境和妻子词境完全一致,显示夫妻共同的精神追求。管道升在词中规劝丈夫归隐,对赵孟頫思想上有一定的影响,虽然在管道升写作这些词时,赵孟頫没有归隐,但他最终在66岁时提出辞官归隐,表示了对妻子规劝的回应。

辽金元词

恩情不把功名误,劝夫君前行莫误

——罗爱爱《齐天乐》

历朝历代,总有些爱情故事感动人心。元末嘉兴名妓罗爱爱和其夫君的故事,又是一个感人的故事。

罗爱爱,生于元末,能诗善词,她曾经与很多名士在鸳鸯湖凌虚阁宴会,其间罗爱爱赋诗一首,让很多人大为惊叹,从此才名日盛。诗为绝句:

> 曲曲阑干正正屏,六铢衣薄懒来凭。
>
> 夜深风露凉如许,身在瑶台第一层。

罗爱爱同郡有个赵公子,和罗爱爱关系密切,两人情投意合,遂结为连理。赵公子幼年丧父,和母亲相依为命。他们刚结婚不久,赵公子父亲的朋友在朝中做高官,写信告诉赵公子,请他到朝廷去,答应授予他江南地区的一个官职。赵公子犹豫不决,罗爱爱极力劝说他前去,为了打消他的顾虑,罗爱爱自制《齐天乐》一首,在词中,既表达了对夫婿离去的依依不舍,又表达了在家好好侍奉老母亲的愿望,打消了赵公子的顾虑,催促赵公子前行,莫误功名。词曰:

> 恩情不把功名误,离筵又歌金缕。白发慈亲,红颜幼妇,君去有谁
>
> 为主?流年几许,况闷闷愁愁,风风雨雨。凤拆鸾分,未知何日更
>
> 相聚。
>
> 蒙君再三分付。向堂前奉侍,休辞辛苦。官诰蟠花,官袍制锦,要
>
> 待封妻拜母。君须听取,怕日落西山,易生愁阻。早促归程,彩衣相
>
> 对舞。

罗爱爱此词感动了赵公子,赵公子于是去朝中寻找其父之友。没想到的是,当

辽金元词

赵公子赶到时，他父亲的朋友不幸去世了，赵公子一时无所依托，只能辗转返回。

赵公子走后，由于思念儿子，他的母亲得了重病。罗爱爱整日在跟前殷勤伺候，但是赵公子的母亲还是去世了。罗爱爱费力把婆婆安葬了。将近三个月了，赵公子还没有回来，而此时张士诚攻陷了平江，大肆掠夺。张士诚见罗爱爱颇有姿色，想纳为己有。罗爱爱怕被侮辱，于是用罗巾自缢身亡。

等赵公子回到家中，家乡已经面目全非。一天晚上，他独自在空堂休息，梦见罗爱爱淡妆素服站在灯下，向他行完礼，哭着唱了一首《沁园春》，感人肺腑，二人都潸然泪下。赵公子醒来时，不见了罗爱爱，只见灯烛已经点燃了一半了。

赵公子梦中听罗爱爱所唱《沁园春》也流传了下来，但不是罗爱爱所作，而是后人所作，但这首词很能够表现罗爱爱思夫的心情及她的高尚品格，词作也很好。

> 一别三年，一日三秋，君何不归。记尊姑老病，亲供药饵，高堂埋葬，亲曳麻衣。夜卜灯花，晨占鹊喜，雨打梨花昼掩扉。谁知道，恩情永隔，书信全稀。
>
> 干戈满目交挥，奈命薄时乖履祸机。向销金帐里，猿惊鹤怨，香罗巾下，玉碎花飞。要学三贞，须拼一死，免被旁人话是非。君相念，算除非画里，重见崔徽。

此词怨而不怒，表达了夫君离去后的悲苦生活，及为贞洁而牺牲的高尚品格，词感人，故事亦感人。

长江纵使向西流,也应不尽千年怨

——贾云华《踏莎行》

贾云华(1314—1368?),元代才女。钱塘(今浙江杭州)人。与书生魏鹏指腹为婚。成年后,魏鹏前往杭州提亲。贾云华貌美出众,才华横溢,魏鹏一见就为之倾倒。魏公子本想得一贤妻,但是天有不测风云,贾云华的母亲却嫌弃他贫穷且屡试不中,打算赖婚。贾母安排魏鹏与贾云华相见时,让他们以兄妹礼数相见。同时,贾云华也看上了魏公子,二人一见倾心,尽管贾母不同意,但二人却誓死要同结连理。

与贾云华分别后,魏公子终日思念,还专门到伍国祠堂里祈祷,希望能够在梦里梦见贾云华。魏鹏果然做了一梦,梦见一神人给他说了两句诗:"洒雪堂中人再世,月中方得见嫦娥。"魏鹏听了这两句诗,也不知道什么意思,醒来之后快快不乐。传说魏鹏自见了贾云华之后,一直要和她约会。刚开始贾云华不同意,经过魏鹏的再三书信相邀,贾云华终于答应了,二人约定了相见时间。不巧,相会的那天晚上,魏鹏偏偏被朋友强拉着出去喝酒,贾云华等了好长时间没有见到魏鹏,心中有些生气,在魏鹏住处的屏风上题了一首诗《题魏鹏卧屏》:

辽金元词

> 柳芳菲二月时后,名园剩有牡丹枝。
>
> 风流杜牧还知否,莫恨寻春去较迟。

第二天,魏鹏看见留诗,心中极为懊恼,赶忙写信向贾云华道歉。因二人恩爱已久,贾云华也就原谅了他。

二人时常约会,情爱依依。但过了不久,魏鹏的母亲派人来催促他回去参加科举考试。不得已,二人洒泪分别。在此期间,贾云华也非常思念魏鹏,常写诗以表达内心的思念,如《简约魏生》:

春光九十恐无多，如此良宵莫浪过。

寄语风流攀桂客，直教今宵见嫦娥。

七夕这天，贾云华看到天上的牛郎织女二星，联想她和魏公子两地分离，心中有感而发，写了首《七夕》：

斜軃香云倚翠屏，纱衣先觉露会零。

谁云天上无离合，看取牵牛织女星。

这首诗形象刻画了她思念魏公子的情态。

两年后，魏鹏考取进士，受职浙江儒学副提举。于是又赴钱塘与贾云华重叙旧情。然而没有料到的是，时隔多日，贾母仍然不同意二人的婚事，一再拒婚。在二人婚事还没有商定之时，魏鹏的母亲又去世了，他当官还没来得及上任，就赶往老家奔丧了。临别时，贾云华写了首词《踏莎行》，以与魏鹏诀别，词曰：

随水落花，离弦飞箭，今生无处能相见。长江纵使向西流，也应不尽千年怨。

盟誓无凭，情缘有限，愿魂化作衔泥燕。一年一度一归来，孤雌独人郎庭院。

辽金元词

词的上片贾云华表达了今生不能和魏鹏结为连理的遗憾之情，并用了一个假设句，即使长江水向西流，也消不尽他们二人心中的遗憾和无奈。下片表达了贾云华对魏鹏的深厚情感，并对二人的身世做了简单回忆。二人指腹为婚，但是"盟誓无凭"，贾母不让二人成婚，一再阻挠。无可奈何，只能将现实归为二人"情缘有限"。但是今生不能结为连理，感情依然很深，死后愿意化作一只燕子，在魏鹏家筑巢，每年都飞回来看望。此词写得感人肺腑，悲壮激烈。此次魏鹏回去守丧，贾云华已经做好了死亡的准备了。她在死前除了写了这首有名的《踏莎行》词作外，还一连写了九首《永别诗》，进一步表达了二人感情的深厚及遗憾之情。如其一：

自从消瘦减容光,云雨巫山枉断肠。

独宿孤房泪如雨,秋宵只为一人长。

该诗讲述了她与魏鹏分别后的心情。常常是"为伊消得人憔悴",常独自一人,以泪洗面。自从魏鹏走后,贾云华就不吃不喝,不久就离开了人世。

但事情奇怪的是,贾云华去世后,魏鹏当晚做了一个梦。他梦见了贾云华,贾云华告诉他说她死后到了金华宫掌管笺奏等文案,但是阎王为魏鹏一直没娶的情义所感动,允许她年底借尸还魂,共叙前缘。那年年底,果然有长安县丞宋子璧的女儿突然去世,事隔三日,又苏醒过来。苏醒之后,她自称是咸宁县尹贾云华还魂。宋氏夫妇当然不相信,但是观其音色、态度却又和自己女儿以前判若两人,送她到贾家,她竟然能把屋中的陈设、丫鬟的名字都一一叫出来,贾家上下也都很诧异。贾母赶紧将此事通知了魏鹏,二人遂结为夫妇。至此,也应了魏鹏祈祷时神人的谶语:"洒雪堂中人再世,月中方得见嫦娥。"原来宋女名月娥,又听说宋公廨后堂原名"洒雪",上句言成婚之地,下句言其妻之名。

贾云华的故事颇具传奇色彩。元末李昌祺根据这个故事,写了一部中篇文言小说《贾云华还魂记》,将该故事演绎得更加生动形象。《贾云华还魂记》对明清戏剧影响很大,根据该小说改编的作品至少有6部之多:溧阳人的《贾云华还魂记》、沈祚的《指腹记》、谢天瑞的《分钗记》、佚名《金凤钗》、梅孝巳的《洒雪堂》。《词苑丛谈》简单记载了贾云华和魏鹏的故事:"云华母邢氏,与魏鹏母有指腹婚约。鹏谒邢,邢命女结为兄妹,不及前盟。两人遂相与私。未几,鹏以母丧归。云华赋《踏莎行》与诀别,遂郁郁死。二年后,有长安丞宋子璧女,暴卒复苏,自言云华借尸还魂,丞以告贾,遂归鹏焉。"

辽金元词

破镜重圆因一词，亦可惩恶续良缘

——元王氏《临江仙》

　　话说元朝时真州（在今越南境内）有个人叫崔英，少年时就工书善画，官补浙江永嘉尉。有一天他携妻子王氏赴任，坐船路过姑苏时，船上的劫匪看他携带的钱财较多，夜里将崔英打落深水中，将其钱财据为己有。劫匪看王氏长相极好，就打了歪主意，要把她嫁给自己的儿子。王氏当面假装答应，夜里趁劫匪不注意，逃到一家尼姑庵藏了起来。

　　转眼已到了年尾，有一天，有人送过来一幅《芙蓉图》，王氏认得图上的提笔乃是其夫君崔英的笔迹，于是询问画从何来。尼姑说，这幅画是顾阿兄弟中的一人送来的，这个人以划船为业，但有人说他是个劫匪，常在船上劫掠别人的财物。王氏没有说出自己的遭遇，拿起笔在画上题了一首《临江仙》词。

　　后来几经辗转，这幅《芙蓉图》被一个好事者买去，献给了御史高公。说来也巧，当时崔英被劫匪打下水后，因其幼习水性，并没有被淹死，上岸以后，以卖字为生。高公欣赏他的才学，把他聘请到家里做些杂事。这幅《芙蓉图》正好被崔英看见。崔英一看见画，顿时泪流满面。高公感到奇怪，问他缘由，于是崔英就将自己遇害一事和盘托出。说完之后，将画上的《临江仙》词读诵了一遍说道："这是我的妻子所题写的。"高公非常同情崔英，将顾阿兄弟抓捕归案。崔英夫妻从此也得以团聚。

　　王氏也不曾想到，自己的一首感慨之词《临江仙》，竟然使夫妻破镜重圆，并且还将凶手捉拿归案，真是一大奇事。《临江仙》词曰：

　　　　少日风流张敞笔，写生不数黄筌。芙蓉画出最鲜妍，岂知娇艳色，
　　翻抱死生冤。

　　　　粉绘凄凉馀幻质，只今流落谁怜。素屏寂寞伴枯禅，今生缘已断，
　　愿结再生缘。

词的首句借用了一个历史典故。张敞是汉朝人，为人风流倜傥，才华横溢。有一次，张敞给他的妻子画眉，有人就告他轻浮，并且宣布流言说："张敞的眉毛画得特别好。"汉宣帝听说此事后，也责怪他不应该这样做。张敞却说："私房之内，夫妻之间的事儿，有些比画眉毛还难听，这又如何讲呢？"汉宣帝一时无话可说。王氏借用这个典故来说他们夫妻的感情之好。第二句是夸她的丈夫画画得好。黄筌是五代时西蜀画院的宫廷画家，擅长花鸟画，人物、山水、墨竹也画得极好。他的花鸟画对后世影响很大。王氏这里拿崔英和黄筌相比，夸赞崔英的画工好。下面几句说这幅画是崔英所画，但是夫君却含冤而死，让人极为悲伤。下片词表达了王氏只身一人隐居尼姑庵的凄凉，以及愿意和崔英再世结为夫妻的愿望。《词苑丛谈》也简略地叙述了这段故事。这个故事为明代凌濛初加工后收入《初刻拍案惊奇》中，故事讲述的更为具体、形象，并且凌濛初在故事的结尾一口气题了两首诗来赞美这段传奇故事：

> 王氏藏身有远图，间关到底得逢夫。
> 舟人妄想能同志，一月空将新妇呼。

> 芙蓉本似美人妆，何意飘零在路旁？
> 画笔词锋能巧合，相逢犹自墨痕香。

辽金元词

参考文献

专著：

[1]〔清〕张宗橚.词林纪事[M].成都古籍书店,1982.

[2]黄兆汉.金元词史[M].台北：台湾学生书局,1992.

[3]〔清〕况周颐,著,俞润生,笺注,蕙风词话·蕙风词话笺注[M].成都：四川出版集团巴蜀书社,2006.

[4]唐圭璋.全金元词(上下册)[M].北京：中华书局,1979.

[5]张静.元好问诗歌接受史[M].北京：中国社会出版社,2010.

[6]郭杰.元好问[M].沈阳：春风文艺出版社,1999.

[7]贺新辉,辑注.元好问诗词集[M].北京：中国展望出版社,1987.

[8]贺新辉.元好问诗词研究[M].北京：中国妇女出版社,1990.

[9]岑其.赵孟頫研究[M].杭州：西泠印社出版社,2006.

[10]任道斌.赵孟頫集[M].杭州：浙江古籍出版社,1986.

[11]韩世明.辽金史论集(第10集)[M].北京：中国社会科学出版社,2007.

[12]姚从吾.姚从吾先生全集(五)[M].台北：正中书局,1988.

[13]王连升.讲述辽金夏[M].西安：陕西教育出版社,2010.

[14]都兴智.辽金史研究[M].北京：人民出版社,2004.

[15]荀人民.金元俗趣[M].北京：北京师范大学出版社,1993.

[16]罗鹭.虞集年谱[M].南京：凤凰出版社,2010.

[17]王步高.金元明清词鉴赏辞典[M].南京：南京大学出版社,1989.

[18]唐圭璋.金元明清词鉴赏辞典[M].南京：江苏古籍出版社,1989.

[19]龙德寿,译注.萨都剌诗词选译[M].成都：巴蜀书社,1994.

[20]刘试骏.萨都剌诗选[M].银川：宁夏人民出版社,1982.

论文：

[1]周思成."金世宗好道术"问题考实[J].北方文物,2012(1).

[2]郭武.金章宗元妃与早期全真道.宗教学研究[J].2009(4).

[3]宋德金.金章宗简论[J].民族研究,1988(4).

[4]范军,周峰.论金章宗的文治[J].北京文物与考古,2004( ).

[5]李尧臣,欧阳江琳.词翰兼美,情韵丰润——虞集《风入松·寄柯敬仲》赏析[J].现代语文,2007(9).

[6]黄玉亭.试论管道升书画艺术的审美特征[J].上海文博论丛,2011(2).

[7]程杰.刘基《张雨墓志铭》及相关问题[J].浙江社会科学,2005(2).

[8]李知文.张雨其人其诗[J].贵州社会科学,1992(7).

[9]周惠泉.宇文虚中及其文学成就论略[J].社会科学战线,1987(3).

[10]周惠泉.宇文虚中新探[J].文学评论,2009(5).

[11]周惠泉.金代文风的开创者:宇文虚中及其诗歌创作[J].古典文学知识,2005(3).

[12]周惠泉.金代文学家宇文虚中[J].古典文学知识,2006(5).

[13]沈文雪.宇文虚中疑案史书记载异同及其背景述论[J].吉林大学社会科学学报,2003(3).

[14]石晓奇.薛昂夫生平和创作[J].新疆大学学报:哲学人文社会科学版,1986(2).

[15]包文安,席永杰.元代朝鲜族诗人李齐贤[J].内蒙古民族师院学报:哲学社会科学版,1994(2).

辽
金
元
词